蝴蝶

Seba

蝴蝶

Seba

蝴蝶館 11

搶救惡女大作戰

蝴蝶*Seba*◎著

elegantbooks

迷戀惡女蝴蝶，請小心

什麼叫做惡女？打扮地光鮮亮麗、到處拈花惹草、玩弄男人的感情、喜歡占大小便宜、偷懶不工作、只想一天到晚玩耍……如果你以為這樣的女人叫做惡女，那就大錯特錯了。

惡女該是：把美麗當作權利不是義務、懂得享受人生而不是揮霍人生、很會工作但更會玩樂、了解怎麼占便宜才能夠皆大歡喜、喜歡與男人的心理遊戲但是絕對不玩弄感情。

重要的是，這樣的女人，絕對很聰明。

蝴蝶絕對是百分之百的惡女，她聰明且充實，並且吊讀者胃口的功力一流，卻絕對不會放讀者鴿子、欺騙大家的感情。

她讓許多學子拋棄學業等在電腦前、上班族則是為了看小說寧願第二天上班睜著熊貓眼、有女朋友的男人埋怨自己的女友不像小說女主角、有男朋友的女人想換一個會看蝴蝶小說的傢伙。

對我來說，蝴蝶實在、果然、真的、清楚明白不過地，是一個大惡女作者。

她常常愛說自己老了，但是一坐在電腦前面卻又靈感與手指猶如風馳電騁，意氣風發地殺得一堆讀者跟其他作者措手不及。

她常常愛說自己想睡覺，但是常常翻了翻又睡不著，然後爬起來，又是一個日夜，幾萬字又迸出來了。她以為她是無敵鐵金剛嗎？

她常常說自己需要一點點諂媚，結果她的死忠讀者不斷地用字字感動與血淚（眼睛看到充血、流淚）破了網路回應紀錄。

她常常說生活壓力讓她很無奈，但是她還是有兩個健康長大的寶貝。讓許多連一個小孩都教不好，卻翹腳享清福的少奶奶們該搥胸吐血反省。

蝴蝶是讓讀者情緒起伏、又愛又恨的惡女作者，卻更是一個背負強大壓力卻努力善盡責任的好女人。

一個惡女，在美麗與聰明背後，最珍貴的是她知道自己的生活目標與責任，並且務求力行、要求完美。

翻開這本書，我總是將蝴蝶套上了女主角。對這世界是那樣的冷眼漠絕，但是她可以為友插肋。笑起來總是帶點自信與嘲謔，遇到不公平她絕對捍衛自己的原則與真理，她重視自己的責任與工作，也享受已經越來越難得的玩樂時光。

這是惡女裡的主角，也是蝴蝶。
男人你要懂惡女、愛惡女，就該與蝴蝶的作品對話。
女人妳想知道自己是不是惡女、想當惡女，更該看蝴蝶的一字一句。
一旦迷戀上惡女的男人請小心，她是你擺脫不了的印記。
一旦迷戀上當惡女的女人請小心，妳會耽溺在這樣的充實裡。
一旦迷戀上蝴蝶的讀者請小心，她是你閱讀上的鴉片，一輩子都會解不了癮。

中毒的　麗子

「麻辣麗子・指尖的呻吟」https://blog.udn.com/mooneyes/article

目次

搶救惡女大作戰

第一部

第一章

「我想，我也該戒除喜歡美少年這個習慣了。」出納課的麗晴突然這麼說，正跟她一起吃午餐的同事睜大了眼睛。

「麗晴，妳發燒了？」淑真不敢置信地摸摸她的額頭，「妳和小中中出問題了？」

「沒有。」她扳著手指，「不但小中中沒出問題，小嘉嘉，小伯，馬索，我的約會都很正常啊。」

沒想到她蒐集了這麼多美少年……不過認識她這麼久，似乎任何事情發生在麗晴身上，都不是那麼令人訝異。

「放心吧，」鄰桌的宿敵雷琦冷笑，「她哪捨得放棄那些年輕可愛的男寵？過兩天還不是恢復常態，跟著平頭整臉的男人後面流口水？」

她瞄了一眼雷琦，「時間過得真快……雷琦，妳也小我兩歲而已。我都三十二了……」

「誰小妳兩歲?!」雷琦大怒，「我今年才二十八歲!!」

不理她的抗議，麗晴輕嘆，「這把年紀了，還追求美少年，會被人家說是奇怪的歐巴桑。還是戒除這種嗜好，省得連自尊都沒有。」她端起盤子，「就這麼決定了。」

大家覺得她不過說說而已，沒想到，第二天就看到她穿著保守的套裝，戴著眼鏡來上班。

她是認真的?!那個惡女麗晴真的準備戒除美少年這種嗜好?!

營業課最年輕俊俏的帥哥張自信滿滿的走進來，「麗晴，這張出差單麻煩一下……」

麗晴只注視著出差單，抬起頭來跟他說：「這張單子有幾張沒發票，麻煩你補齊後我好付你出差費。」眼神再正常也不過。

張帥哥卻像是被雷打到一樣。他瞪大了眼睛，麗晴的眼神居然不再出現風情和挑逗！

「麗……麗晴，」他確定一下自己的臉沒有什麼異樣，「妳不舒服嗎？」

「沒有呀！」她拿起其他單據審核，像是那些單據比他更重要似的。

不可能！以前麗晴都會露出欣賞而喜愛的溫柔，輕輕逗他幾句，就算要呵斥他，也會在他膀子上打幾下，十足風情。

難道……難道……他腦海裡浮現麗晴以前說過的話：「男人哪，凋零起來，比女人更快。所以像你這樣青春年少的時候，更該好好欣賞呀……」還輕輕拍拍他的屁股。

難道……難道……難道我也開始凋零了?!他衝出會計室，失魂落魄的再衝進洗手間，臉色灰敗的瞪著鏡子。他果然變老好多！

猛回頭，發現幾個部門的帥哥都同樣灰敗的望著鏡子。

「男人啊……」企劃課的孫帥哥輕輕喟嘆，資訊課的李帥哥用帶哭的聲音接下去，「凋零起來，比女人可悲啊……」

只一天的時間，幾乎公司所有的帥哥都遭受到嚴重的打擊。

* * *

「什麼?!」小中的叉子險些插到自己的手上，「分手?!」

麗晴支著頤，緩緩的咀嚼牛排，有點食不知味，輕輕的點點頭。「反正你也要考研究所了，」她撥撥盤子裡的牛排，索然的放下刀叉，「認真念書沒壞處的。」

「為什麼嘛?!」他跳起來，可愛的臉慌張，「剛剛我不夠盡力嗎？我們做了好幾次，還是妳沒高潮？等等我們吃過飯可以再來一次啊～～～」

在眾目睽睽的牛排館討論這個話題好嗎？旁邊的人都瞪大眼睛看他們。她輕嘆一口氣，「我還是感覺很好。」

「那麼……」他鮮少運轉的大腦開始困難的轉動，「是不是旅館錢出一半妳覺得不開心？那以後都我出好了～」

「不是這問題啦！」

「還是妳想跟小嘉、小伯還是馬索在一起？我又沒逼妳只跟我在一起……為什麼嘛?!他們比我好看？還是妳有新的小男朋友了?!」他急得幾乎跳起來。

「我剛跟這些人都分手了。」她誠摯的看著小中，「我真的很喜歡你，但是這樣下去也不是辦法。思量再三，我們還是分手比較好……」她拿起帳單，「你慢慢吃吧，我沒胃口了！」

哎！離開這群美少年，她也覺得心在滴血……花了那麼多時間去蒐集，尤其她又特別喜歡小中。

「那是為什麼?!」小中把刀叉一丟，急急的跟在她後面，「妳嫌我不送花不請妳吃飯？以後我都會乖乖做嘛！……」

結帳的時候，小中還不放棄的在後面猜測，「……我知道了！」他臉孔煞白，「妳是不是要嫁人了?!我不要！我不要，我不要，我不要～」

「我沒有要嫁人啦！」麗晴轉過身來，「只是，我不想失去我的自尊。」

她揚長而去，留下發呆的小中。

「妳說清楚呀～這樣我怎麼聽得懂～」

＊　＊　＊

「妳聽說了沒有？」女生的洗手間也亂成一團，「麗晴打算改邪歸正了！」

大家面面相覷。濃重的危機意識突然爬起來。

「她……她該不會想嫁人了吧？」每個有對象的女人心裡警鈴大響。

誰也沒把麗晴當成對手過（其實是跟她當對手沒人贏過）。她喜歡美少年的癖好人人都知道。她喜歡可愛型、美少男型的小男生，對於成熟穩重的青年才俊一點興趣也沒有，大家都滿放心自己的男人跟她洽公，雖然聽說她看中的男人沒半個跑過，但是既然大家喜歡的典型差異性大，當然也還能和平相處。

如果她真的「改邪歸正」……自己的男人豈不是危險了?!

「真的嗎？」正和副理交往的麗萍緊張得把指甲掐進邵慧的手臂裡。

「怎麼不真？」邵慧心裡也亂得很，「她現在正眼都不看那些可愛小帥哥一眼了～聽說她還把所有的小情人全開除了，穿衣服不要說露乳溝了，連釦子都沒少扣半顆！」

女生洗手間一片寂靜，接著亂起來，大家紛紛補妝以後，跑百米似的前去對自己男人耳提面命，急急的鞏固勢力範圍。

＊　＊　＊

「妳到底是怎麼了呀?!」淑真覺得頭昏腦脹，那個豔麗得讓人討厭的惡女到哪去了？平常覺得她搔首弄姿令人發煩，沒想到看她變得跟老姑婆一樣更讓人火大，「妳知不知道一夜之間，妳成了女人公敵，還讓小帥哥流淚？妳是不是太久沒跳舞、釣弟弟了？我求求妳去好不好？」

這副死樣子哪裡像那個拿高跟鞋踩男人的壞女人？

「我？」她指著自己鼻尖，推推眼鏡，「我沒怎麼了呀。只是覺得年紀一大把了，還追小男生不合適了。」

「……妳都追了十幾年了！」淑真開始擔心起來，「妳是不是追男生遇到什麼重大打擊？乖，跟淑真姐講，我幫妳出個主意。」上帝呀，拜託你叫她去追弟弟吧！

她輕嘆口氣，支著下巴，「我的確遇到重大打擊。」

若不是看到董事長夫人，她的打擊可能沒那麼大。

看著搽著厚厚胭脂水粉，還跟工讀小弟弟調笑，有意無意地摸人家的手，本來也不覺得怎麼樣，只是原本笑嘻嘻的小弟弟等董事長夫人走出視線，臉馬上沉下來，「死老太婆……有夠變態的……」一面狠命的洗手。

她突然僵硬住了。

「妳在扯啥呀～」居然是為了這種非常可笑的理由?!「我告訴妳，妳跟董事長夫人可是一個在天一個在地呀！那個死肥婆……」

「若論容貌，我不比她漂亮。」她若有所思，「論年紀，她才大我四歲。」懶懶的翻開帳簿，「我也只不過少她十公斤的體重而已。體重這種事情，只要願意虐待自己，誰不能減到這種沒人性的體重？」

淑真張大嘴巴，很不習慣這樣「謙虛」的麗晴。她不是以為男人都該舔她的高跟鞋，只有可愛的弟弟可以吻她的手嗎？

「妳……妳妳妳……」

「我很有自知之明啦！」她開始一筆筆的登帳，「我長相普通，能看都靠化妝。妳聽說過纏小腳沒有？以前的女人再醜，只要纏出一雙小腳，就馬上變成美人了。我也是靠餓得死去活來，硬餓出這種體重，馬上就登格變美人了。不信我若開始吃飯，胖個十公斤，誰會多看我一眼。」她咬著筆，「男人也是因為我不麻煩又自給自足，所以才對我戀戀不捨的。哎唷！淑真，妳哭什麼？我還是很快樂呀，只是我不想被人家說死變態老太婆，比起美少年，我比較喜歡我的自尊。」

淑真沒想到這個驕傲的女王，底下有這麼深沉的心事，不禁哭得幾乎岔氣。「妳……妳還是找個好人嫁了吧……」

「我才不想當寵物。」她神情一冷，「年輕漂亮讓人當菩薩供著，年老色衰就被當老媽子。我是我自己的主人，只有男人當我寵物的份，哪可能當別人寵物？」

……這女人的女王個性是沒得救了！

「放心啦！」她揮揮手，「那些男人沒我也會好好的，誰沒誰不行？」

她說得有點早。

一下班，公司門口堵了兩台哈雷，一台BMW和賓士。每個美少年都抱著一大把花，互相打量著對方的花和容貌，眼神交會都有火花。

「麗晴！」同時有四把花供上來。

她只瞧了這幾把花一眼，「計程車！」揚長而去。

留下一堆目瞪口呆的同事和落寞的可愛男生。

「明天會下紅雨。」淑真喃喃著，「那女人居然真的轉性了。」

第二章

天沒下紅雨，不過麗晴的洗心革面倒是很澈底。這下子公司的生態整個亂成一團。

這個已經有幾十年基業的老公司，海內外遍布數不清的子公司，雖然是家族企業不肯上市，但是安穩成長的背景，和公司老闆的刻意低調，倒也悶不吭聲賺了不少年的錢，年終獎金是排得進全國十大的。

總公司當然有數不清的老幹新枝，許多中年幹部冷眼看著麗晴的改變，不禁心裡暗暗欣喜。

說起來，她進入公司也十二年了，雖然從會計助理做起，幹到現在也還是出納課課長，但是明瞭公司生態的人都知道，這個小小的課長舉足輕重，老董事長到年輕總經理都對她青睞有加，公司重大決策非跟她商量過不可。麗晴的幾個同學好友都在銀行界有不錯的實績，怪也怪在這裡，她這樣放蕩不羈的惡女，偏偏人緣極好，公司銀行資金調度不在財務部手裡，反而在她手上。

像她這樣才貌雙全的美女，應該是幹部們爭相追逐的佳麗，卻因為她那種對美少年無法戒除的惡癖，引得人人卻步。現在她居然改邪歸正，當然引起眾多幹部的野心。

幾個離過婚、錯過姻緣的中級幹部也不免起了「不利孺女之心」。想她年紀老大，卻是個小小的課長，薪水不比經理少，皇恩正浩蕩。現下又成了規規矩矩的良家婦女模樣，也不是那種事事要人奉承伺候的小姐，若是追求她成功，面子裡子全有了。

她也不小了，當然是手到擒來……

轉著這樣的心思，連幾個已經名草有主的經理級人物都躍躍欲試，不知道讓幾對情侶吵得不可開交，平添她「單身公害」的惡名。

「我以為會比較清靜，為什麼煩我的人越來越多？」她有些憎惡的挪開濃郁的香水百合和玫瑰，她的辦公室快可以開花店了，「小依，拿個乾淨的垃圾桶來。」

「誰叫妳不乾脆選個定下來？要不然，求求妳，回頭當妳的惡女吧！我快被煩死了！」

在茶水間被其他女同事轟炸了半天，回來又被花香嗆得頭暈的淑真終於受不了了。

「我不要。小依，把那些花直立在垃圾桶裡。」她扶扶眼鏡，「不，不是要丟，就這樣直立。跟總務課借個噴壺來灑水。對了，下班大家不要走，晚上我們去喝點東西。」

喝東西？大夥兒面面相覷，不知道這個主子想些啥。

「課長，妳要請客？」小依小心翼翼的問。

她笑了笑，放下編了一半的出勤表，「這些花要請客。」

出納課的同事們全後悔讓那些花請客。

「鮮花一束一百，一束一百！」下了班，不顧身後部屬的尷尬，麗晴面不改色的推銷今天收到的花，「新鮮的鮮花一束一百！嗳，陳經理，買花吧！一百塊而已，送老婆情人兩相宜。這麼大一束才一百塊，太划算了……欸！張部長！買來犒賞自己也不錯啊～來吧～一束一百一束一百～」

送那些花的追求者臉孔都鐵青了。鍥而不捨的小情人捧著大束的花愣在公司門口，望著正在叫賣的麗晴。

「還送啊？」麗晴笑出來，「剛好不太夠賣，送我就賣掉唷。」

小中晃晃頭，「當然！」他把雙手合抱的滿天星送給麗晴，「我不但要送，而且還要買！這些花我都買了！」

「你鬼扯什麼?!」馬索將他一推，「這些花是我的！」

兩個人正在拉拉扯扯，麗晴不耐煩的將他們手底的花抽過來，原本賣花的垃圾桶已經淨空了，「最後兩束，最後兩束！董事長！下班啦？要不要買回去？剛好大夫人、如夫人都有……一千塊不用找了？謝謝謝謝……」

她笑吟吟的數數大鈔，「好啦，我們去喝啤酒吧！」她呼喝一聲，出納課的部屬訕訕的跟著，垂頭喪氣的樣子跟麗晴的意氣風發剛好成對比。

「麗晴！麗晴，等一下～」正準備大打出手的兩個人同時鬆了手，「麗晴～我請妳喝啤酒～」

「滾！麗晴是我要請的！」

「你才滾！你這小矮子！高中畢業沒有？沒畢業不要過來想打高射砲！」馬索破口大罵，一面拚命追過去。

「你這淨長肌肉的野蠻人！」小中反唇相譏，腳步也不停，「不好意思，我剛考上研究所！你大概連研究所都不會寫吧？你這肌肉發達的文盲！」

「文盲！」馬索跳得半天高，「堂堂T大法律研究所的高材生，你說我是文盲？」

「T大有什麼了不起？我考上C大了！」

「呸！C大？將來我要出國去念哈佛！」

「去呀去呀！那麗晴就是我的了！」

「我當然是帶著麗晴去！」

「你想得美～」

麗晴的臉出現了幾條黑線，為什麼國立大學高材生吵架的等級跟幼稚園大班差不多？美少年果然還是有極限的……

第三章

追求者發現送花無效，開始奉送首飾之類的小東西，還有人推敲半天，送了整套的凱蒂貓。真是太可怕了，床單、電話、手機吊飾、居然還有滑鼠墊和檯燈！

太貴的被退回去，不太貴的小飾品她就笑吟吟的收下來。

這下子沒辦法在公司門口賣了吧？追求者嘿嘿地笑。

沒想到，第二天麗晴就在員工餐廳開賣，一百塊就賣掉好幾千塊一件的「貢品」，笑咪咪的數鈔票。

再送啊！再送我就再賣。剛好這個禮拜都夠我們課裡喝酒逍遙。

她嘿嘿地笑。

「麗晴，」營業課的明星兼帥哥張天華先生抓住她，眼睛裡充滿少女無法抗拒的憂鬱深情，「到底要怎樣妳才願意接受我的心意？既然妳打算『從良』了？」

「從良？」她有點摸不著頭腦，「我當過酒家女嗎？」

「不要再裝了。」他懇切又深痛的望著她，「以前我就從妳那放浪的外表裡頭，看到妳深受傷害又敏感脆弱的心了。」雙手緊緊的握住她，不顧她餓得肚子咕咕響，「啊～妳那脆弱又纖細的心哪……我願化作一陣和風，吹拂過妳那憂鬱的內心世界，我願意為妳的將來，開創光明燦爛，只要妳點頭……我願當妳的拐杖，我願當妳的……」

含情脈脈又苦楚的帥眼望著她，「心。」

所以說，男人一但老起來，不但凋零的很快，連說話都噁心巴拉的，真可惜，他剛進公司的時候，當真也是美少年呢，「我的腿還好好的，所以不用拐杖。我的心臟也跳得不錯，用不著別人的心臟。」她很客氣的抽出手，「不過我的肚子倒是咕咕叫，我能不能先去吃飯，再繼續看『喇叭花劇場』？你演得滿好的，張晨光都比不上，考不考慮走演藝圈？」

愣愣的看著她的背影，張天華抱住頭。到底是她對美少年免疫了，還是他已經脫離美少年的行列了？

不～這兩個答案他都不能接受～

他差點兒旋轉倒地。

*　*　*

「老弟，你考不考慮到我們公司來？」張天華衝進弟弟的房間，正在趕工的張天威只抬起眼睛看他一眼，「營業課？我沒興趣。」專注準確的將數據輸進資料庫。

張天華把他的筆記型電腦合起來，「不是不是，企劃課。你知道嗎？美意集團正在考慮推動大型休閒俱樂部，因為一統做得太差了……」

「我們哪有太差！」剛服完兵役的天威果然受不得激，「要不是上面的人礙手絆腳，我們早就做出實績來了～說到那群混蛋～」

「……所以，所以！」要花很大的力氣才能打斷天威滔滔不絕的控訴，「所以你要不要來我們公司——美意集團來施展拳腳？想想看，從無到有喔……我們公司可是組織間開放，論英雄不論出身……」

天威心動，但是看看大哥不懷好意的上下打量，又覺得事情似乎沒有那麼簡單，「……幹什麼?!怎麼突然巴望我進你們公司？」

「哎呀，我們是兄弟嘛！」他親熱的搭在漂亮弟弟的肩上，雖然不願意承認，不過，他這個弟弟可是帥到深處無怨尤哩！皮膚光滑細緻，五官精緻卻不失男子氣概，從小到大不知道打跑了多少星探才能夠安穩的在學業上下工夫。和他這個風流自賞的哥哥不同，心性純良到連女朋友都不交，若不是從小一起長大，連他都會懷疑這個漂亮弟弟的性取向，「我還可以告訴你考古題，順便幫你疏通關節喔……」

「你免了吧，」天威冷冷的頂回去，「你還是別幫我走後門的好。本來考得上，結果走完後門，我也被你那些前女友害死了。」他是很知道哥哥的那些風流爛帳的。

「……考古題總行了吧？」天華面子有點掛不住，「是不是兄弟？是兄弟就考進我們公司！」

「你到底要我幹嘛？」他才不相信什麼兄弟論，這個傢伙心裡只有女人跟升職！

「是這樣的啦，」他涎著臉，「你也知道哥哥我幹了四年，終於有機會升副理了。偏偏好死不死，同樣也有個條件相當的敵手，論年資，論貢獻，論學歷，都跟哥哥我不相上下。所以想要升職，就得讓上面的覺得我比他適任……」

「這跟我去你們公司沒關係吧？」天威狐疑的看看他，突然跳起來，「媽的！該不會是你們上面或者是你那個該死的敵手是同性戀吧？這種賣弟求榮的事情你也做得出來?!」媽的，還是賣弟弟的男色！

看著他握緊拳頭，天華不禁把脖子一縮，他怎麼這麼聰明？「不是啦～不是不是……是這樣的，我們公司有個出納課課長，她啊，可是豔麗無雙的大美女呢，如果她願意說句話，董事長一定會讓我升副理的……」

「那你去追她啊！只是董事長的情婦你也敢碰？我看你不敢。」天威覺得非常失望，呿，原來也是這種裙帶加裙帶的關係哩。害他對美意集團的好感瞬間全無。

「聽我說嘛！麗晴——就是那個課長啦——不是董事長的情婦。如果是倒好辦了。她在公司資歷很久，董事長很敬重她，如果有人事更革都會先問過她。當然啦，她也很有眼光，安插在位置上的人都是一時之選，讓公司大賺特賺。本來她也跟我很好的……」他突然感傷起來，「如果可能，我也想追她起來當老婆啊！」如果能這樣，他未來仕途準一帆風順，再說，麗晴這樣好風情，「只是你知道哥哥我這幾年『憔悴』多了……她也看不上眼了……」

我不相信她從良了，我絕不相信！

「好，這跟我什麼關係？」天威疑惑的看著自己哥哥。

天華一把把全罩式安全帽戴在腦袋上，什麼地方都能受傷，他這張英俊的臉絕對不行！

「我要你進美意，然後追求沈麗晴。」

「你為什麼不去追？」天威的臉陰沉了下來，似乎還伴著隆隆的雷聲。

他嚥了口口水，「因為沈麗晴只喜歡美少年，而我已經是美青年了。」

沉默了半晌，使得之後的怒吼更為驚人，「你就是要賣弟求榮就對了！」加上兩個沉重的拳頭。

幸好戴了安全帽……但是我的肚子好痛啊～

「別這樣啦～」還得強忍著痛得要命的肚子，他一把抱住天威的大腿，「求求你～我一生的前途都要看你了～」

「免談！」天威想把他踹開，卻覺得哥哥像是八爪章魚似的黏上來，讓他氣壞了，「我告訴你，我還是會去考美意的啦！只是，我絕不會去追那個什麼麗晴的，就算她是天仙美女也不成！滾～」

「一九七二年的無敵鐵金剛！日本原裝，絕對不是假貨！限量發行喔！」天華緊緊抓住他，開玩笑，怎麼可以不抓緊？不抓緊不挨他拳腳才怪！他趕緊拿出王牌，「我沒有騙你，不追她也成，只要讓她願意幫我推薦就行了！」

天威腦門轟的一聲，定定呆在原地。他什麼嗜好也沒有，就喜歡古董玩具，「復刻版？」

「當然不是！你要不相信，等你考上美意，我就拿給你看！」天華這才敢放開手，這下打中你這蛇七寸了吧？

「我不相信。」天威聲音呆滯，如在夢中，「我找好久了……」

「等你考上美意就讓你看看！反正你拳頭比我大，你不吃虧的！」天華簡直想拿彩球跳康康舞。

天威瞪了他一眼，著魔似的努力準備了一個禮拜，理所當然的考上了。

「拿來。」他一確定消息，有點顫抖的向哥哥伸手，「你說要給我的。」

「借你看，不是給你。」他晃晃那台古拙的無敵鐵金剛模型，「怎麼樣？要不要追麗晴？」

「給我！」他撲上去，天華敏捷的閃到窗邊，「答不答應？不答應……」他晃晃手裡的無敵鐵金剛，伸到窗外，「不答應就得看『他』粉身碎骨喔！」

不～他怎麼可以……怎麼可以～「好好好，我什麼都答應～」

等搶下寶貝的無敵鐵金剛，他又後悔了。他怎麼會答應這種蠢事啊～不理臉色死灰的弟弟，天華露出邪笑。天威啊天威，枉你聰明睿智，還是得栽在自己哥哥的手上呀～所謂虎毒不食子，打虎親兄弟，三人成虎，狼狽為奸……呃……好像有點不對……

「總之，」他拍拍這個一言九鼎、枯木槁灰般的弟弟，「相信哥哥，我不會害你的啦……」

誰說不會害我的？

第一天上班，為了製造他媽的「巧遇」，利欲薰心的哥哥就伸出腿來讓他可憐的弟弟跌到麗晴身上，害他們倆個撞成一堆！

「對不起！」他急忙從麗晴身上要爬起來，天華假意要扶他，反而將他壓住，他險些毆打了自己的親哥哥才能脫身。

真……真可愛！看他薄薄的臉皮漸漸泛紅，孩子氣的嘟著嘴……啊……美少年，世界因為有了你們才有光輝……

不，她已經決定不再跟任何美少年有瓜葛了。

麗晴清醒過來，輕輕的扶扶眼鏡，卻發現自己下意識的幫他撿東西。不行。她將手上的東西一丟，轉身就走。

「哇∫我的ＰＤＡ∫」天威發出慘叫，用滑壘的姿態接住那台充滿了資料的寶貝，「可惡∫妳∫唔唔哇哇∫」天華用力的摀住他的嘴，「喂！你不能罵她！你的使命是追上她，知不知道？」

天威使蠻力掙脫，「什麼?!我要追這個保守的老小姐？」

「小聲一點。」天華想阻止他，可是已經來不及了。

「你再說一遍，什麼老小姐？」資訊課的李子雲冷笑的接近他，「喂，新面孔，你再說一遍。」

「唉唉，子雲，不用生氣，」孫逸明臉色陰森獰笑著靠過來，「怎麼？你好像很不屑我們麗晴？我們企劃課的新人嘛。來來來，前輩我教你啥叫尊重前輩，好好給你『照顧』一下……來來來……不要害怕……哼哼哼……」就這樣把他拖走了。

老弟呀，天華在胸前畫了個十字，當初勸你跟我一起信基督教你不肯，這下天主也保佑不到你了，哈利路亞。

＊　＊　＊

他沒挨扁，不過被電得很慘。一整天都被「前輩」公報私仇的折磨得死去活來。拜會完了所有部會，還丟了本厚厚的公司守則和主管名單叫他背，什麼苦差事都要他做，根本不管他是不是新人。

他一直很有信心的企劃書被批評得體無完膚，自尊就這樣被踐踏。不給他正式的工作做，支使他影印和打雜。

「我不幹了！」他握拳在樓梯間大叫。

「第一天就喊不幹，你的抗壓力不夠喔。」淡淡的聲音在他背後響起，他差點跌到樓梯下。

那個老女人?!

「妳？妳偷聽我說話！」他對著麗晴吼。

她按熄了香菸，「先生，我先來抽菸的。怎麼？被欺負了？」

天威一拗頭，「還不是妳害的?!」

「我？我不是你們同課的人，我要怎麼害你？」她淡淡的推推眼鏡，看他姣好的臉蛋漲得通紅，眼眶溼溼的，又覺得有點不忍，「來，告訴麗晴姐，怎麼了？」

他連自己吼了些什麼也不知道，只是發洩似的大吼大叫，她卻沒有一絲憤怒或反駁，就這樣靜靜的聽。

「說完了？」等他詞窮後，麗晴就問了這麼一句。

「說完了！」通通吼出來覺得舒服多了。

她把眼鏡拿下來，他這才發現沈麗晴有雙美麗的狐眼，說不出有多麼寶光流動。她有些悲憫的拍拍他的肩膀，「今天你很不好受吧？」

我在罵妳欸！他猛然抬頭，突然覺得自己這樣不分青紅皂白的將所有罪過推到她頭上，是件非常可恥的事情。

今天你很不好受吧？

這句話重重的打在他的心坎，讓一整天的委屈幾乎要隨著淚水湧出來，要非常克制才能忍耐。

唉，我真是的。麗晴在心裡嘆氣。不是不跟美少年有什麼瓜葛了嗎？看他被刮得那麼慘，實在沒辦法放下來。

「來，」她溫和的拉著天威的手臂，「門後面可能是惡龍，但是，你得面對才能攻擊它。背對著，是解決不了什麼的。」

他居然乖乖的跟她走，自己也百思不解。

半路上遇到了孫逸明，他冷笑著，「上個廁所這麼久？這種效率怎麼辦事？」

他漲紅了臉孔，麗晴卻先搖頭，「唉唉，逸明……逸明。你終於變成惡龍啦？所以說，美少年凋零的很快。」她微微一笑，又馬上把那種風情萬種的微笑收起來，「尤其是心態，凋零的讓人有點不忍。」

她拍拍逸明和天威，施施然的回辦公室。

惡龍？我也變成惡龍了？逸明愣在原地。

他還記得剛進公司的時候，讓上司整得非常淒慘。這張好看的臉孔除了讓上司妒恨外，對新人來說，根本沒有任何好處。上司不住的把各式各樣奇怪的過錯全推到他頭上，終於忍耐不住了。

加班加到深夜，他終於關在空無一人的洗手間，無聲的大哭。直到有人敲門，他咬緊牙關，惡狠狠的說，「有人！」

敲門的人卻不肯停手。

「就告訴你有人啦！」他更暴怒。

「我知道有人。」居然是個女人的聲音，千嬌百媚的，「喏，這給你。」從門上丟進了一包面紙，「緊縮預算，公司的洗手間不供應衛生紙了。」

「我……」他望著手上的面紙，拉開門，出納的麗晴似笑非笑望著他，「這裡是男生廁所！女生在隔壁！」

「我知道，女生廁所壞了。」她無辜的瞅了他一會兒，「好嘛，我說謊。誰叫我們辦公室就在隔壁？誰叫我今天也加班？又誰叫我……」她嘆了口無奈的氣，「誰叫我瞧見了你要哭不哭的樣子呢？」

他漲紅了臉。

「唉唉，別哭了，這樣我好心疼……」麗晴一把抱住他，讓他靠在柔軟的胸口，「被惡龍欺負了是不是？乖……早點變成屠殺惡龍的英雄吧……將來不要變成惡龍喔！我最捨不得美少年的眼淚了……」

他應該推開這個奇怪的女人的……但是……被照顧被讚美喜愛的感覺真好……

他放聲哭得像嬰兒一樣。

我也變成惡龍了？他看著惶恐的天威，開始覺得自己心裡有絲說不出的刺痛。

「愣著幹嘛？」他說話還是粗魯，語氣卻緩和許多，「要開企劃會議了。」

之後對天威就不再那麼蓄意的欺負。天威卻不那麼領情，天啊！我居然靠個老女人罩我?!

懷著滿肚子不高興，還是讓老哥威逼著「製造機會」。

「呃……呃……」他硬著頭皮到出納課，「沈小姐，我能不能請妳吃晚飯？」他千百個不願意，「算是……算是謝謝妳替我解圍……」

「不用了。」麗晴心平氣和的抬頭，「晚上我有約會。」

「明天呢？」

「有事了。」

「後天呢？」

「連續約會兩天，我需要休息。」

「那大後天呢？」他聲音大起來，媽的，這老小姐是行情太好，還是不屑跟他出去？我欸！這麼帥的我欸！只有他不甩女人的，沒有女人不甩他的！

「大後天是禮拜六，休息的時候我不跟同事外出。」她低頭繼續算帳。

「妳到底哪天會有空?!」他開始失去耐性了。

她推推眼鏡，「未來的事情我怎麼會知道？」

天威氣得幾乎當處吐血，「打擾了！」忿忿的摔門出去。

「不客氣。」麗晴帶笑的聲音從門縫裡穿出去，幾乎讓天威氣炸。

其他部屬愣愣的看著她們的小主管，淑真先叫起來，「我的老天啊～麗晴，妳今晚有約會？」

「有啊，我們不是說好要去唱歌？」上次賣東西的錢還有剩。

「那明天呢?!」小依不敢相信，美少年欸！既漂亮又帥的美少年有幾個啊？更何況這個不是草包，可是才貌雙全那種欸！以前老闆一看到不眼睛發亮，直撲過去讓她們全體坐立難安的嬌嗲，逗得人家臉紅心跳才怪！現在居然……就這樣輕輕放過？

「我妹妹生日快到了，明天要去選禮物。」

這也叫約會?!

整個出納室一片寂靜，連風掃落葉都聽得到。

「我覺得好可怕～」小依哭喪著臉，抱住頭，「老闆這麼不正常，她是不是得了失心瘋？」

「我寧可掉雞母皮，也不想看到死氣沉沉的老闆。」阿葉差點哭出來。

淑真跟著長嘆，「其他部門的女人恨死她了，都覺得她裝乖準備騙個丈夫來。她現在的敵人比以前更多更複雜了。」啊啊～我好頭痛，連董事長夫人都來刺探軍情了，誰也沒膽子問麗晴，就來問這個倒楣的麗晴朋友，「這樣下去不行啦～」

出納課一致點頭。她們還是喜歡那個踩著高跟鞋，狂笑到三間辦公室都聽得見，妖嬌美麗的四處追美少年，精力旺盛像過動兒的老闆。

「怎麼讓她恢復惡女本色呢？」小依也開始頭痛。

「同化呢？」阿葉提議，「她現在穿得這麼規矩保守，會不會是我們也穿得太保守，所以她被我們同化了？如果反其道而行……」

淑真的臉有點抽搐。不會吧？「……我、我沒那種本錢，呃……能夠……」

她在胸前尷尬的比比，「妳懂我的意思。」

「那不要緊啦！」小依安慰她，「可以在……呃……中間打點灰色眼影當陰影，看起來就……呃……高山峻嶺了。」

有效嗎？

淑真懷疑的看她們一眼，低頭看看。

沉默許久，她長嘆，「只好死馬當活馬醫了。」

第四章

她們到底勇氣不足，七早八早就到淑真家集合化妝打點，磨到上班快來不及，才扭扭捏捏的一起走到公司門口。

「這樣不行，」阿葉低低的說，「我們這樣畏畏縮縮的，一點『惡女』的氣勢都沒有，怎麼同化老闆？」

大家點頭。

「抬頭挺胸！」淑真吆喝著，「把背挺起來，大踏步往前走，臉上要帶著風情萬種的笑！」

正在打卡的同事眼睛瞪得比牛大，看著這票踏著僵硬步伐的娘子軍，活像機械人似的，甚至有人同手同腳。正在看報紙的財務部副理連香菸都掉在西裝褲上。

「燙燙燙燙燙～」等他回神過來，西裝褲已經破個洞了，衝到洗手間冷敷，發現有人頭腫了，有人扭了腳踝，有人切到手……都在冷敷。

「哈哈……今天的出納課……好像怪怪的……」他的聲音在顫抖。

當她們帶著滿臉「邪笑」走進出納課時，正在喝茶的麗晴一陣天女散花，噴了一桌子茶水。張大嘴，驚駭的看著濃妝豔抹，眼睛宛如抽筋般眨個不停的部屬。

「妳們……打算去參加明華園嗎？」她勉強從牙縫裡擠出字來。

「什麼明華園！」小依鼓起勇氣，上臂拚命擠著胸部，設法擠出永遠不會有的乳溝，「老闆，妳看我們這樣……難道不會懷念？我們要取代妳，成為美意的新惡女了！」

說完人人屏息而待，麗晴這種不服輸的個性應該是一拍桌子，「開什麼玩笑?!我才是美意頂尖惡女，誰也比不過我！」然後她就恢復惡女本色，讓她們能夠看著精力充沛，活色生香的大美人老闆發飆……

「開什麼玩笑？」麗晴懶洋洋的拿下眼鏡，「老天，是誰幫妳們化妝的？哪找來這麼俗的衣服？」

她一個個檢視，注視著小依，「小姐，沒乳溝就沒乳溝，陰影打到脖子上幹嘛？遠遠看像氣管切開術。還有，妳的胸墊跑出來了。」小女生驚叫一聲，掩著胸部衝到洗手間。

看她跑得身後像是有煙，麗晴轉過來看著阿葉，「阿葉，眼影層次要分明沒錯……也不是叫妳每個顏色一道，幹嘛？飛虹在天？什麼年代了，唇膏還流行中原一點紅？我們在看鬼片是吧？還有……妳的裙子太短，我已經看到妳趴趴熊的小內褲了。」大女生一面拉著短裙，連尖叫都沒時間，就往洗手間的方向跑百米。

「麗晴，我們……」淑真正想說話，麗晴止住了她，「我懂了。人不痴狂枉少年，我也很高興妳們終於決定享受所剩無幾的青春。」她很嚴肅的說，「既然想當惡女，那麼，就讓我這個退休的惡女教妳們什麼叫做惡女的真諦吧！」她似乎燃燒起來。

「不是的！我們是希望……」淑真覺得哭笑不得。

「淑真姐！妳真的別開口了，」她別開臉，「……妳臉上的粉底正在剝落中……」

換她摀著臉，飛也似的逃去洗手間。

望著她的背影，麗晴搖搖頭。惡女那麼好當？這些良家婦女不知道在想什麼……不過，還是讓名符其實的退休惡女來教教她們吧！

啊……美意的惡女終於有人傳承了……真不知道是高興還是悲傷。

* * *

午休時間，她們誰也不能午睡，全部讓麗晴抓到會議室集合。

她在白板上寫了完整的化妝與保養的步驟，花了十分鐘講解。「好吧！還有沒有問題？」

部屬們嘴巴開開，不曉得畫個妝也有這麼多的學問。

「沒問題？那我們先現場示範一下好了。」她拖了淑真到講台前，「看好，濃妝並不是把顏色畫上去就好。而是要加強修飾，讓膚質更亮麗。臉上的一點小瑕疵都不能放過，所以打底之前要先蓋斑……」她端詳了一下淑真，「……所以不要熬夜，多吃蔬菜水果做基本功。要不然，再好的蓋斑膏也沒用。看看妳這皮膚真是比砂紙還粗……」

「謝謝妳喔！」淑真沒好氣。

「不客氣！」她馬虎的點點頭，「先做基礎保養，然後將跟膚色接近的蓋斑膏塗上去遮掩，然後上粉條……顏色要選跟膚質接近的，不要迷信美白，要不然畫出來的臉和脖子不同色，那是很恐怖的……喂！小依，妳中風啊？拿著粉刷幹嘛拚命抖？阿葉！妳以為撲麵粉？妳的臉不是雞排，不用這樣裹粉吧?!」

「畫眼影是為了讓眼神深邃，腮紅能讓輪廓更深一點。不是把顏色全搞上臉，就叫做濃妝欸！」她手裡忙著，嘴巴也不停，「單眼皮有單眼皮的美，雙眼皮也有雙眼皮的漂亮，先了解自己的本質嘛！不要忽略睫毛！這是畫龍點睛的第一步……短睫毛還是得刷上睫毛膏……漆牆壁啊！睫毛膏刷是這樣用的?!」她一吼，底下的部屬都瑟縮成一團。

「然後是嘴唇……阿葉，妳躲什麼躲？嘴唇厚是很性感的！刻意畫小幹啥？把唇線畫出來！對自己要有信心！豐滿的嘴唇，亮麗的眼神，男人看了骨頭都軟了，有什麼好畏畏縮縮的？小依！妳的手！畫個唇線抖什麼抖？嘴唇都成毛毛蟲樣了！」

她不忍卒睹的別開眼睛，「時間來不及了，明天再教妳們修眉毛吧……幸好妳們的眉毛都長得不錯。回家要感謝爸媽！」

她又幫所有人都修飾一下，「好啦，照鏡子吧！」

三個人齊齊對著鏡子發呆，從來沒看過自己這麼漂亮。

「好像愛美大作戰。」小依呆呆的說，頭上又挨了一記。

「笨蛋！」麗晴吼她，「『惡女』豈是『愛美大作戰』這麼簡單？下班跟我去買衣服！這身衣服好在公司穿？」以手加額，「美意又不是檳榔西施連鎖企業！」

「什麼?!還要買衣服？」淑真一跳，「妳以前不都是這樣穿嗎？」

「妳眼睛怎麼長的？」麗晴沒好氣，「我可都是規矩的套裝。只是在套裝上有點變化。檳榔西施裝和不穿襯衫的套裝，哪樣迷人一點？裸露是最糟糕的性感了！」她瞟瞟部屬，嘆了口氣，「尤其是沒有本錢的裸露。」她滔滔不絕的教授了惡女穿衣哲學，一路慷慨激昂到下班。

「然後呢？」阿葉虛弱的問。

「然後當然是特訓妳們怎麼跟男人風情萬種的說話和……」

「不用了不用了～」淑真跑得跟飛一樣，「我們不想當什麼惡女了～」

搶救惡女大作戰，第一回合，失敗。

* * *

「不要太沮喪嘛，」阿葉安慰著其他同事，「起碼我們學了化妝術和穿衣術，」她掩著紅撲撲的臉，「……我男朋友說我變漂亮了呢……」

小依也不禁紅了臉，「……今天早上逸明也跟我打招呼喔……說我女大十八變……變、變漂亮了……」

「我也……」淑真陶醉了一會兒，「不對不對！」她瞬間清醒，「這不是我們要的目的呀！什麼問題也沒解決！」她頭痛的看著滿桌子的情書和接也接不完的約會電話，全是給麗晴的。

這些該死的傢伙發現送花和送禮物都沒救，乾脆用最原始的追求：寫情書。

大家嘆了氣，聲音有點像呻吟。

「麗晴在嗎？」天威不太情願的進來，「她到底什麼時候有空？」可惡！她已經拒絕了二十四次的邀約了！叫他帥哥的臉往哪擺？

「又是吃飯？」淑真對這些沒創意的傢伙實在很無奈，「請她吃飯不如請她去跳舞……」那個女人啊，一大把年紀了……

「跳舞!?」幾個女人一起叫了出來，「對呀，怎麼沒想到她喜歡跳舞？」

「自從她從良以後就沒去了。」

「自己一個人當然沒什麼好跳的。」

討論得很熱烈，忘記旁邊還有個滿頭霧水的天威。

「男生邀她，她是不去的，」小依有點沮喪，「……但是，我不敢去。」

一輩子循規蹈矩的幾個女生的確沒去過舞廳。

「我也不敢。」淑真眼睛瞄向還傻在當地的帥哥，臉上露出奸笑。

「幹嘛？」天威被她看得發毛。

「帥哥，」淑真拍拍他的肩膀，「你想跟麗晴約會吧？」

他點點頭，卻有種落入陷阱的不祥感。

「跳舞？」麗晴狐疑的看著這幾個幾乎把頭點掉的女生，不知道她們在搞什麼鬼，「今晚？」

「對呀！」小依年紀最小，麗晴向來都疼她，「慶祝……慶祝今天發薪日嘛！」

「慶祝我們還有工作！」

「祈禱世界和平！」

跳舞跟世界和平有什麼關係？麗晴覺得這幾個良家婦女最近怪怪的。跳舞啊……真的好久沒去了……

「但是妳們跳過嗎？」這幾個女生規矩的要命，她實在不放心。

「我們……我們當然跳過。」淑真有點心虛。雖然是小學時學的芭蕾舞……好歹也算是跳過舞吧？

「……妳們知道跳舞要穿什麼衣服？」她懷疑的看著這群部屬，該不會她們要穿套裝和高跟鞋去跳舞吧？

「當然知道！」淑真一翹下巴。她們可是看了好多雜誌，研究半天才決定要穿啥的。

「……為什麼不？」她聳聳肩，總是要犒賞部屬的嘛，「好吧，我回家換件衣服就來。」

等到了集合地點，她險些跌倒。相對這些女人的盛裝打扮與高跟鞋，放下頭髮帶著眼鏡的她，只在唇上塗了深色口紅，脫了外套，穿著細肩帶T恤、運動長褲和運動鞋。

也對。她振作起來，又不是每個人都來跳舞的。有人是打扮得美美的，坐在那兒漂亮給人看。

時間還早，她們一人一瓶可樂娜，幾個女生拘謹的要了杯子，連檸檬都不知道要塞進瓶子裡。

唉……她無奈的拿起可樂娜灌，眼角瞥見走過來的天威，險些把滿口的酒噴在他身上。

張大了嘴，她驚駭莫名的看著梳著孫悟空頭的他，穿著花襯衫與垮褲，脖子還帶著指頭粗的金鍊子！

她從來沒看過這麼帥的……這麼帥的……這麼帥的俗辣！

「嗨！」她僵硬的打招呼，「來跳舞？」

「要不然是來幹嘛的？」天威沒好氣。被哥哥惡整了一夜，已經萬分不爽了。

我以為你是來圍事的……你家老大在哪裡？你該站三七步，腿還抖啊抖，走路要腳在前面，身體在後面，香菸夾在耳朵後面，開口就，「看啥小？」

「喔！」她需要多喝幾瓶可樂娜壓驚。幾個女生倒是很興奮的撲上去，摸那用髮膠「控」得死硬的帥哥頭髮。

等他們下場跳舞，麗晴差點厥了過去。

「你們……你們……你們在跳土風舞啊?!」她終於忍無可忍了，「音樂啊！節奏啊！你們聽不懂啊？」實在好想哭，「請你們看我這邊，圍成個圈圈好不好？丟臉也不要讓別人看見嘛……」連天威那帥哥跳舞都還同手同腳……

我為什麼要跟他們來跳舞？

「麻煩你們聽著音樂……閉上眼睛算了……不要學我跳！」終於了解啥叫「畫虎不成反類犬」，「身體跟著音樂擺動就行了……不要想手擺哪腳擺哪，反正舞廳這麼擠，也沒哪兒讓你跑，跟著音樂就好了……」

啊……音樂……她漸漸忘神，開始痛快的跳了起來，正瘋的時候，瞥見跑去休息的小依被個外國人纏住，正為難的要喝下老外給的酒……

不要啊！

她靈活的穿過人群，撲了過去，一把奪走了小依的酒，老外滿臉怒容，麗晴反而一笑，「我妹妹不會喝酒，」她把平光眼睛拿下來，掛在乳溝前面，眼神靈活魅惑，看得老外幾乎滴下口水，「請她，不如請我？」她轉頭很凶的對小依低語，「趕緊滾去天威那兒，不要獨自行動。」

早嚇白臉的小女生，飛也似的衝進舞池。

她轉過來，又是一副笑語嫣然，「可以嗎？」

「當然。」老外意亂情迷的看著她烏黑的長髮，「乾杯？」

「我不喜歡這種酒，」她將酒塞回老外的手，「我們去吧台叫瓶可樂娜給我？」

才擠到吧台，天威也跟著擠過來，「你在這裡，她們呢？」她倏然變色，指甲都掐到天威的手臂裡。

「在後面！」天威痛得齜牙咧嘴，「不要緊張……」

「不緊張？」她的神經快繃斷了，「看好她們！不要讓她們吃陌生人給的東西和酒！」

看他滿臉不諒解，「你沒聽過ＦＭ２？」

「真的有那種東西？」他的臉蒼白了。

「你以為是社會版記者呼嚨你？」大腳一踢，「快滾去當護花使者！」

好不容易脫困，幾個女生笑嘻嘻的，大呼好玩，天威和麗晴累得跟狗一樣。

「好玩!?」麗晴吼起來，「被下藥就不好玩了！妳們搞什麼？整夜我都像妳們的奶媽！沒去過舞廳就說沒去過，我會多找幾個猛男來護駕呀！妳們……」

淑真一縮，臉上的妝早被汗水洗得模糊，「我……我們找了一個猛男來呀……」

「這個啥都不懂的小鬼？」輕蔑的用大拇指指了指後面的天威。

「喂！我才不是……」天威要抗議，麗晴轉頭厲聲，「連ＦＭ２都不知道的小鬼閉嘴！」

她……她生氣的時候……雙頰有著憤怒的粉紅，眼睛清亮犀利……真好看。

不理獃住的天威，「說呀！妳們最近是怎麼了？要當惡女，要跳舞，這根本不是妳們的世界嘛！為什麼要這樣呢?!說呀！」

被罵得滿心委屈的阿葉抬頭，「還不是為了妳嘛！老闆！」

「我們想把妳同化回來嘛！」

「討厭死氣沉沉的老闆！」

「比較喜歡打扮得漂漂亮亮，生氣蓬勃追美少年的麗晴嘛！」淑真一嘟嘴，「……我不希望妳為了那種鳥理由，變得不像妳。如果妳覺得我們勉強自己『惡女化』很奇怪，我們也覺得妳勉強自己『非惡女化』更奇怪！」

為了這樣天真的理由？麗晴先是驚愕，漸漸笑了起來，叉著腰，在大馬路上笑出眼淚。

「妳們啊……叫人怎麼對妳們生氣？」她瀟灑的把外套披在肩上，「我是頭頑固的驢子，決定的事情就不會改變了。我不會被同化，也不覺得『惡女』這種身分有什麼好留戀。」她溫柔的看著這群傻心眼的部屬，「過來，」她擁抱著這三個大小女生，「不管怎麼說，謝謝妳們。我這樣壞脾氣的上司，妳們一直很忍我。」

她轉頭對著還在發呆的天威，擁抱住他，只覺得她身上的汗氣和香水味兒一起籠罩住他，柔軟的身體讓他的手臂一陣戰慄，「也謝謝你，一整晚保護我可愛的呆部屬。」

雖然是這麼短的擁抱，還是讓天威呆在原地，幾乎變成化石。等沉重的回到家，他失眠了整整一夜。

搶救惡女大作戰第二回合，還是失敗。

第五章

「我說，吃飯時間為什麼要跟我們這群女生吃呢？」連續一個禮拜後，麗晴實在有點受不了了，「你以前不是都跟企劃課的人一起嗎？跟我們打好關係也沒用，出差單我是不會放水的。」

天威瞪了她一眼，「我說過是為了出差單嗎？」他沒好氣，把他想成什麼樣子了？「只是剛好同桌，我不能來？」

部屬們一起點頭，跟帥哥吃飯，當然食欲比較好。

「我告訴你，」麗晴推推眼鏡，「她們都死會了。」

「我知道。」他夾起一塊蘿蔔，「我又不是來追女生的。」

見鬼。淑真心底嘀咕，司馬昭之心，人盡皆知。她和其他人互望一眼，乖乖低頭吃飯。

我真的不是來追女生的……天威一再的跟自己強調。只是，他很好奇自己為什麼會對這個女人這麼掛心而已。

她不肯約會？反正公司裡多的是相處的機會，他可以弄清楚這種感覺是不是單純的好奇。

應該只是單純的好奇……他只是去檔案室找資料的時候，順便偷瞄了一下她以前的模樣……

一看之下，他呆掉了。

不是說麗晴是怎樣的天生麗質……他翻到以前的社刊，剛好看到十一年前的麗晴。那時的她，真像是含苞待放的蓓蕾……隨著一年一年的過去，她越來越像是怒放的玫瑰，帶著火樣的熱情和豔麗，一點一點侵蝕著人的心臟。

活色生香……他第一次真正體會這樣的感覺。隔著陳舊的社刊，她實在美得太驚人了……那種美，像是要抓住最後一刻的豔麗，不甘願的噴灑出來，居然有點悲傷。

和現在的她比起來，就像是倒吊的乾燥玫瑰。他突然了解了哥哥和出納課那群女生的心情。

「麗晴？你怎麼會突然問起她？」哥哥忙得幾乎斷氣，接到這通電話萬分無奈，「回家講好不好？我正在水深火熱。」

「你不是要我追她？」天威說得有點心虛，「不給正確資料怎麼行？」

「我看你大概也不行了啦！」哥哥嘆了口長氣，「她一點動靜也沒有。唉！我忘了她的死倔脾氣，說了就不改口。可憐以前華麗氣氛的公司，現在一點生氣也沒有。我還以為她會豔麗過五十……原來世界上真的沒有不凋的花朵……只是她自己要枯萎，讓人分外不忍……好啦！不跟你扯了，你好好工作吧。之前的協議就取消，那個啥勞子玩偶回家給你。」喀的一聲，哥哥就掛斷電話。

他愣了一會兒，把電話放下。望著從社刊偷偷掃描印出來的麗晴，他有點失神。

「這不是麗晴嗎？」逸明一把搶過來，「天啊～好久沒看到她這樣子……」幾個同事擠過來，他臉紅過耳，「沒……沒有，找資料的時候不小心夾進來的……」

逸明狐疑的看他一眼，「是嗎？……天，真的好懷念！跟她一起每一天都好快樂……」

「是啊……」課裡其他男同事也跟著感慨起來，「真是完美的情人。」

「不管是個性還是外表。」

「工作能力一流，風情萬種也沒人可比……」

人人陷入緬懷的表情，天威表情怪異的看著這群痴迷的男人，「……該不會，該不會你們都跟麗晴交往過？」

「只要是美少年，她幾乎都交往過。」連課長也有?!課長低頭看看自己圓滾滾的小腹，「……只是男人凋零的這麼快。」

「總要成家立業呀。」

「她不肯嫁人，我也覺得這樣豔麗的女人嫁人太委屈。」

不會吧？一群大男人露出粉紅色戀愛的小心小花眼神？天威覺得雞皮疙瘩都爬起來了。

「麗晴？」淑真被天威逮到，怎麼，這小鬼真的迷上現在活像老小姐的麗晴？「我是她學姊，也一起在這公司待了十一年。」

「她真的……」天威不知道怎麼問，「她真的跟公司半數以上的男人……」

「交往過？」淑真嘆口氣，轉身去泡茶，「是呀！她一直都喜歡美少年，自從……咳。總之，好看的新進員工幾乎都跟她談過戀愛，有的時候還同時三、四個交往。」搖搖頭，「要不然，你以為她惡女的名聲哪來的？」

「花痴。」天威有點不高興。

「喂！」淑真凶了，「什麼花痴？就算是，也不是你這種小鬼能批評的好不好？她對每個人都是真心的！跟她交往過的男人，有誰一句惡語批評她？你這連手都沒牽過的小鬼頭，憑什麼批評她？」

「就是說啊，」同樣在茶水間的小依也有點生氣，「你懂什麼？麗晴對大家都很好，雖然她總是這樣招蜂引蝶，但是，她不但不會踩著人家的頭，總是勉勵著我們欸！」

「不要跟這種沒經過洗禮的小鬼講啦！」阿葉沉著臉，「這種小鬼，什麼也不懂。」這群女生居然氣氣的把他一個人丟下。

為什麼全公司的男人說到她，都是含笑的搖頭，卻總是露出溫柔的表情？為什麼她的部屬都這樣迴護一個不檢點的上司？

他實在不懂。

直到那天，出納課出錯了一張支票，幾乎毀了一件好幾千萬的生意，副總怒吼的聲音連他們企劃課都聽到了。

「聽到沒有?!妳給我滾回去吃自己！」他大跳大叫，「連開張支票都會弄錯抬頭，金額錯誤，真是沒用的廢物、混蛋！」

「副總！」麗晴抱著痛哭的阿葉，「這張支票是我看過才蓋章的。有錯，也是我這主管的錯誤。我會一肩扛起來。請不要越級譴責我的部屬。」

她的臉帶著怒氣的紅暈，眼神炯炯的光，透過鏡片仍讓人心底一凜。

「妳能負什麼責任？」副總嗤之以鼻，「妳還不是靠著跟總經理的姦情才能在公司大搖大擺？」

「我，沈麗晴，」她碰的一聲捶在門上，「從不靠跟任何男人睡的關係！」她拿下眼鏡，魄力十足的讓副總倒退好幾步，「任何懲罰我都會接受，但是不包括任何侮辱！」

副總喃喃的罵之不已，「妳看著好了！這件案子挽回不了，我要把妳們通通開除！」一面念一面走遠。

麗晴重新戴上眼鏡，輕嘆了一口氣，「來吧，阿葉，哭什麼？想想要怎麼挽救。哭是沒有用的。來……眼淚先擦乾……」她把出納課的門關上。

企劃課課長搖搖頭，「欸，小陳，把王氏企業的案子調出來，看看能幫麗晴些什麼忙。」

「沒問題！」

「逸明，你跟王氏的關係不錯，去打探一下到底情形是怎樣。」

「我馬上打電話。」

看著整個企劃課忙成一團，天威愣住了，「我們不是還有案子要趕？」

逸明等電話講完了，才慢吞吞的回答他，「我們都欠過她人情。難道你沒受過她照顧？」他繼續翻電話簿，「再說，麗晴不知道擔待過多少新人的錯誤，不過打打電話算什麼？」

「你抗壓力不夠喔！」、「門後可能會有惡龍，但是不正面面對，怎麼會贏呢？」在我不分青紅皂白痛罵過她以後，麗晴的確……

「我來幫忙。」他也坐下來開始看檔案。

那天忙到很晚，不知道交涉了多久，還是逸明將他趕回去，他才懷著不安回家。

忐忑著，他比平常早到。不知道事情怎麼樣了……雖然趕著企劃書，他還是掛念著出納課的紕漏。

「沒事了。」逸明不知道加班到多晚，臉上有著疲憊的鬍碴，「麗晴已經把事情擺平，我們幫她的也有限。不過就是準備些資料而已。」

他鬆了口氣，「……孫先生，要不要喝咖啡？」他遞了剛剛煮的咖啡。

「謝謝。」喝了一口，「聽說你到處打聽麗晴的事情？」

「呃……我……」

「麗晴啊……」他晃晃杯底的咖啡，「跟她交往實在很棒呢。每一天都很快樂。我最喜歡她看到自己的時候，臉都亮起來的樣子。跟她一起，連喝白開水都覺得好滋味，這世界在她眼中像是個大型遊樂場，真是……」笑了起來，「完美的情人就是這樣吧。連我告訴她，我交了正式的女朋友，她真的很替我高興，卻又哭得淅瀝嘩啦，告訴我，她實在很捨不得……」

他目光看著遙遠的那端，「……如果她願意只屬於我一個……不過，我這樣平凡的人，怎麼能夠讓她駐足？」苦澀的笑了一下，「麗晴適合眾星拱月，是整個美意的情人……不可能專屬誰。」

過去不可能專屬誰，現在呢？這些追求者認為她願意專屬誰了嗎？

「你知道嗎？她有個外號叫『慈航普渡』。有些得不到她的男人造來輕蔑她的。但是在我心目中，她的確是苦悶人生的觀音。」一口喝乾黑咖啡，「能不能再來一杯？」

他默默的倒了一杯給逸明。

＊　＊　＊

「我臉上有什麼嗎？」麗晴抬起頭，看著不吃飯只顧發呆的天威說。

「沒有。」他大口大口的扒飯。

部屬們互相看看，悄悄的溜掉。

「麗晴。」他開口，「妳不跟男人約會了嗎？」

「我的年紀到了。不該再玩戀愛遊戲。」她微微的笑笑。

「那，討論公事可不可以？」他鼓起勇氣，「我怕我和工作夥伴有盲點。妳能不能從消費者的角度，給我建議？」

原以為她會拒絕，沒想到她想了一會兒，「如果是公事，我沒有拒絕的理由。」

她的建議和見解犀利而有效，簡直讓他大吃一驚。

「……改成這個方式應該會更完美……」討論告一段落，「你覺得呢？」

「……妳這麼厲害，為什麼要待在出納課？」天威不解的問。

「要不然，我該待在哪？」她的笑容隱約，「這公司的課別我幾乎都待過了，再也沒什麼好玩。出納課很好……我們的窗景，可是全公司最棒的。」

就為這個理由？

「沒事的話，我要走了。」她站起來。喔……跟美少年這麼近卻不能調戲，真是一樁苦刑……雖然是這麼甜美的苦刑。

「麗晴！」天威叫住她，「……以後，我還能跟妳討論案子嗎？」他說不出這種戀戀不捨是為什麼。

欸？苦刑還要繼續嗎？她轉過身，看見天威緊張而企盼的眼神，到嘴的「不行」，居然變成了……「好吧。」

唉……我真是隻受虐狂的豬！她在心底吶喊著。

＊　＊　＊

「很不錯喔！」討論了幾個月，麗晴對天威的戒心越來越小，看到越來越完美的企劃案，甚至會微笑著打他的膀子，「你會有前途的。」順便拋個媚眼。

看他呆掉的樣子，麗晴才在心裡大喊不妙，「呃……沒事的話，我要走了。」

「等一下！」

天威伸手撐在牆壁上，將她圍在臂彎中。這樣有侵略性的注視，簡直要融化她的決心……啊……我要冷靜……冷靜……我已經決心不跟任何美少年有瓜葛了。

但是……他的嘴唇，像是最柔嫩的玫瑰花瓣……美少年才有的青澀氣息……

匡的一聲，兩個人的眼鏡和鼻尖撞在一起慘叫。麗晴摀著鼻子，覺得鼻管熱熱的。

「……麗晴，妳要不要緊？」忍住痛，他緊張的搖著麗晴，「怎麼了？妳怎麼不說話？」

「……你聽過流鼻血的人說話嗎？現在你聽見了。」她嘆口氣，「幫我拿衛生紙。」

他慌張的拿了整捲衛生紙來，麗晴尖叫，「不！不要試圖把那玩意兒塞進我鼻孔！給我就行了！拜託你用手帕沾溼讓我冷敷一下！你拿什麼?!那是抹布啊！」

天威鐵青著臉跑進跑出好幾趟，幫麗晴冷敷的手拚命發抖，「不要緊吧？麗晴？妳……妳流了這麼多血……要不要叫救護車？要不要？妳是什麼血型的？沒關係，我是O型，什麼血型都適合，我輸血給妳！」他驚恐的看著她前襟滿滿的血漬。

「拜託……沒人流鼻血死掉的。」她抓住天威正要撥電話的手，「你讓我頭仰起來，鼻根冷敷，很快就停了，你別跑來跑去，跑得我頭都疼了。」

「……對不起。」他懊悔的要吐血。

「有什麼好……唉，這是你的初吻吧？第一次總是比較笨拙……」好不容易血不流了，她一想到剛剛的情景，忍不住哈哈大笑，止住的鼻血又流下來，「好好笑，剛剛……哈哈哈哈～」

「妳不怪我？」被她笑得發愣。

「有什麼好怪的？痛是很痛，不過，太好笑了。」她現在一定醜死了，兩管鼻血，鼻子紅通通的。轉頭看他發呆擔心的樣子，越看越可愛，等她自己驚覺的時候，已經在他嘴唇上輕輕吻了一下。

笨蛋！為什麼我又這麼做？

他整個人都驚住了，像是木乃伊一樣硬梆梆。

唉……沒經驗的美少年呀……

＊　＊　＊

「是誰朝妳鼻子打了一拳？邵慧？董事長夫人？還是哪個男人求歡未遂？天啊！太狠了，妳的眼鏡都歪了！」淑真尖叫起來。

「喔，別這樣嚷嚷。」她包了幾塊冰塊冰著鼻樑，「放心啦，我已經報了仇。不要緊張好不好？」那小鬼還在會議室當木乃伊吧？他前輩子是犀牛嗎？就這樣衝過來？

不過只是一個吻，為什麼就僵掉了呢？

真是……真是……真是笨得可愛！

「……還是別再見了吧。」她喃喃自語，「下次我可能控制不住了。」

淑真忍不住打了個冷顫。上回有個爭風吃醋的女同事小小害了她一下，結果麗晴讓那女人遠貶花蓮營業所數螞蟻。

不管是誰打了她一拳，淑真都真心的為她或他哀悼。

尤其她臉上那詭異的笑……

還是替那可憐人念經超渡比較快。

*　*　*

可惜，事與願違。天威的確對那天的事絕口不提，卻默默的跟在她背後回家。

「你跟著我幹嘛？」麗晴忍不住轉過身，「我沒事了。」

「我哪有跟著妳？」天威微撇頭，「我只是剛好同路。」

麗晴定定的看他一會兒，「你住永和，我住關渡，天南地北，哪裡會同路？」

「我……」他被堵得一時語塞，「……我捷運票餘額太多，想坐完不行啊？」

好爛的藉口……不過……真的是可愛到不行了！

「妳捏我臉頰幹嘛？」天威險些跳起來，無預警的被捏了一把，麗晴也愣愣的，

「啊……我察覺到的時候，就捏下去了……我覺得皮膚好嫩好可愛就……」她不敢相信的看

著自己的手，「啊啊～這樣下去不行啦！」

我不是下定決心不跟任何美少年有瓜葛了？我的決心算什麼？

她彈跳起來，從開始合攏的門口衝出去，吃驚的看著不乖的手，一面啪啪的打著。

「妳打手幹嘛？手會思考嗎？」天威抓住她。

「你下車幹嘛？」麗晴的手微微顫抖。

「我才要問妳下車幹嘛！這裡是北投欸！」

北投！溫泉旅館！可愛的美少年！溫柔纏綿的夜晚……

不行不行，我怎麼滿腦袋邪惡思想？

「我剛才不是故意要捏你的。」麗晴滿臉的正經，「我只是一下子控制不住，我發誓，以後再也不會了。」正好往南勢角的捷運進站，「好了，你的車來了，乖，快回家吧！」再不回家，被可怕的大姊姊吞吃了，可別拉著被角拭淚。

不由分說的將他塞進車廂裡，夕陽將她臉照得亮晶晶的，眼中流露出愛憐和欣賞，讓她淡施脂粉的臉龐粉粉嫩嫩的，煥發出溫柔而明亮的笑容，框在車窗，像是一幅美麗的畫。

他突然了解逸明的意思。麗晴是因為自己，才會整個臉都亮起來。不知道為什麼，覺得有點開心，卻有點酸楚。

看著班車開走了。麗晴幽幽的嘆了口氣。

「這樣不行的。」

「為什麼？」她嚇得幾乎掉到月台下，以為天威又跑回來了。猛回頭，「喔……總經理。你怎麼沒開車？」

「送修。」他聳聳肩，早上整理好的頭髮，有些髮絲掛在額前，讓他平常嚴肅嚴峻的臉看起來年輕許多，「剛好看到你們倆走在一起像幅畫，順便跟了過來。」他扒了扒頭髮，「為什麼不行？我們美意永遠不凋的鮮花，怎麼把自己搞成這樣？」他笑著拿走平光眼鏡。

「總經理！眼鏡還我。」麗晴瞪他。

「下班了，叫我名字吧！」他把眼鏡收進西裝裡，挑釁的對她笑笑。

我才不上當呢。「書彥，不要胡鬧了。」

「車來了，」他拉住麗晴的臂膀，「走了。」

「你不住淡水吧？」她有點無可奈何，「我立志不當惡女了，可沒打算改向中年歐吉桑下手。」

「妳啊……我倆同年吧？」總經理憐愛的敲敲她的頭，「淡水？也不錯。夏天日落得晚，我們去看夕陽？」

「喂！我不是看夕陽的年紀啦～」

嘴巴抗議著，一觸及他懇求的眼光，又心軟了下來。唉……總經理也有少年的時光……

「……每天案牘勞形，我都快忘了夕陽有多美。」書彥微笑著，像是回到少年時。

漫步在淡水海邊，水裡的光影像是盛開的大理花，散發著黃金耀眼的光芒，和冉冉的夕陽相輝映，天邊環繞捲曲著五彩繽紛，或紫或紅，或藍或青，淡淡的白雲鑲滿了金邊，浪尖都染了金粉，碎裂裂的輕吻海岸。

她結好的髻被海風刮鬆，正想重挽，書彥又搶走了她的髮簪。

「總經理！」她慌忙按住被刮得亂飛的長髮，「快把髮簪還我！」

「不要！」他笑著把髮簪也收進西裝裡，「麗晴這樣好看多了。我也不喜歡死氣沉沉的妳。」

她發一聲喊，衝進他的懷裡，拉住他的領口，硬要從西裝內袋把髮簪和眼鏡掏出來，西裝內袋又深，她一下子摸不到，書彥讓她摸得笑個不停，等她拿到的時候，書彥已經停止笑了。

他的眼睛充滿溫柔的感傷，慢慢的閉上，她也自然而然的閉上眼睛，感受唇間輕輕的接觸。

金光閃爍的夕照，將他們的輕吻照成一幅剪影，在浪尖吻岸的淡水海邊。

「娶過三個老婆就是不一樣，」聽得書彥有點哭笑不得，「接吻的技巧、時機、地點，選得剛剛好。還能夠在感情洶湧當中自制，僅用輕吻作為接觸的第一步，不愧是有櫻唇調教師之稱的總經理呀！」

「妳這是誇獎還是挖苦？我怎麼覺得後者的成分比較濃？」他拉拉麗晴一頭亂飛的長髮。

「哪有！」她一本正經，「總經理，難道你對自己的技巧沒有自信？我真的是讚美你！」

「就算讚美我，我也不會幫妳加薪的。」他摟了摟麗晴。

「還不加薪？」麗晴把眼鏡戴上，「你們父子是怎麼搞的？我在公司做牛做馬十一年，四年前起我的薪水就死掉了！為什麼大家都可以加薪，就是我不能？虧我擔了這麼多年的虛名兒，就不知道我到底是你的情婦，還是董事長的情婦？好歹加一點嘛！」

「再加？再加妳就比經理都高了！」看她把眼鏡戴起來，他嘆口氣鬆開她，「哪個人年資比妳久？之前的叔叔伯伯退休完了，現在妳是年資最久的了。」

「誰說的？」她很嚴肅的回答，「你和董事長都比我久。」

他忍不住哈哈大笑，豪爽的笑聲引得堤岸邊情侶們側目。看著她慧黠含笑的眼睛，「……麗晴，我該拿妳怎麼辦？」

「不加薪就不加薪，還有什麼怎麼辦？」她也坐了下來，怡然的享受漸濃的暮色和水底隱約的燈影。

「妳知道我意思的。」他也坐在她旁邊，一起望著燈影，「我的確有事煩心。」

「我當然知道。老戲碼，我都看膩了。不過就是副總經理跑去跟你抱怨，想要裁掉出納課，併進財務課？」她拿起一塊扁平的石頭，往著海面打水漂兒，石頭輕彈兩下就墜入蕩漾的光影裡。「真正該裁的是出納課嗎？財務課到現在做對了什麼？連貸款規劃都是我在做的，他們作作帳就不可一世，我能比照辦理嗎？」

「妳知道我一向支持妳。」

她溫柔的靠在書彥的肩膀上，「除了加薪以外。」書彥被她逗笑了。

半晌，她說：「書彥，家族企業問題叢生。」

「我明白。」他掏出菸，黑暗中一點火光，「但是，一個是堂哥，一個是表姊。董事長顧及舊情，再說，他們也不真的是無能之輩……」

「如果真的是無能之輩，倒也好了。」她的眼光在黑暗中分外明亮，

「只要找能力強、忠心的副手就行了。偏偏他們什麼都要一把抓，硬要做出成績來。副總經理喜歡爭功諉過，財務課長也只喜歡浮誇不實的提出莫名其妙的裁員或節約方案。這都不是一個公司正常運作的態度。再加上人事部浮濫人事……反而讓有發展的員工被推擠出去。劣幣驅逐良幣，書彥，你不明白？公司最重要的資產──人，就這樣虛耗掉了。」

「如果我說我都明白，一定……」麗晴已經輕輕的在他手臂打了一下，「一定會被妳打。」

「你可以打回來。」她拉著書彥的手，輕輕的在自己頰上拍打。

「我捨不得。喂，不要打我的『情婦』。」他在麗晴柔軟的掌心一吻，「這些我看在眼裡，不是不清楚。妳的話我都聽進去了，我需要一些八面玲瓏的助手來對付這幾隻自以為是的老狐狸。跟妳催了幾次，妳怎麼不給我名單？還有，我讓妳刁一刁內部的交際費，妳動手沒？」

「老是讓我作壞人。」她嘟起嘴，「我敢說不嗎？早動手了。至於名單，我覺得有幾個人可以用……」

他們半打情罵俏半正經的討論公事，旁邊的情侶都看呆了。

年輕女孩突然一把扭住男孩的耳朵，「原來公事是這麼談的？說！上次你說跟女主管討論公事，是不是這樣子？你若不說實話，我今天不會放你甘休的！」

男孩一面喊痛，一面求饒，「沒這回事啦～痛痛痛痛……」

「還不說實話?!」

「冤枉啊～」

剛從熱烈討論中驚醒過來，看著那對邊打邊罵越逃越遠的年輕情侶，這對中年情侶（？）還不知道自己是罪魁禍首。

「年輕真好。」麗晴媚然一笑，「我也想拉男人的耳朵。」

「我的耳朵讓妳拉，」總經理含情脈脈，「不過輕點，不要留下指甲印。」

「人家捨不得。」麗晴輕輕揉揉他的耳朵，吹了口氣，「……對了，天華讓他升上來吧，他幾件大案子的決斷力很不錯。還有企劃課課長夠圓滑狡詐，滿適合對付老狐狸的。空出來的位置麼……」她摸摸書彥的臉龐，「逸明很適合。」

「都是帥哥。」書彥摟著她的腰，「我有點兒吃醋。」

「你就注意到帥哥。」她微瞋，「人家的名單那麼長，你就注意到帥的。當然，我也不諱言，外貌真的滿重要的。男人不比女人，女人還可以靠化妝變身，男人全靠天生麗質和氣勢。你看雷琦，她也不是什麼天然美人，人家下了多少苦心和努力，現在可是業務的第一把交椅！外貌，加上聰明靈巧的頭腦，圓滑的處事態度，到哪裡都能出頭天的。我又不是只對帥哥有反應，聰明人我才會特別照顧。」她笑意更深，「總經理也是帥哥呀！雖然已經是老帥哥了。」

「我跟妳同年！」又好氣又好笑，「……不要那種無聊的堅持了，麗晴。就算在公司裡，我也想看到妳現在的笑容呀。我是真心喜愛妳的……」摩挲著她的長髮，「妳是全美意的情人。」

「我是我自己的，不是美意的。」她站起來，跟旁邊的小販買了一包仙女棒。

「……書彥……我不想再當什麼大眾情人了。我開始覺得累……」她注視著仙女棒燦然的火光，「不停的給別人關懷，換來一時的溫柔……我並不是對以往有什麼悔恨，我也很享受這些孩子美麗的容顏和稚氣的熱情……」眼底的火光卻有點悽楚，「但是我老了。我希望我自己的美貌由自己來終結，我的傳說我自己扼殺。而不是……」

她又點亮了一根仙女棒，「而不是我非常喜歡的孩子們，主動背向我。我不想親耳聽到他們的輕蔑，我不想。」

她的背影，看起來這樣蕭索。

「那，就當我一個人的情人吧。」書彥從背後抱住她，一起看著燦爛短暫的火光。

「那，你要拿剛訂婚的蕭家千金怎麼辦？」她笑笑的把仙女棒丟進水裡，「下個月又要當新郎的人了，馬上收個情婦？」她做了個鬼臉，「再說，我這麼凶的人，不適合當情婦。」轉身抱住他的手臂，「我餓了。我要吃魚丸和阿給！還有冰淇淋和魚酥喔！」

「我是……」書彥想說下去，看到她祈求的眼光，又把後面的話吞下去。「好吧，只要妳想吃，什麼都可以。」

只要妳要的話，我可以什麼都給妳。我是真心的。

望著她粲然的笑容，他在心底默默的說。

第六章

第二天，麗晴還是穿了一身嚴肅的套裝，帶著她的平光眼鏡，表情淡漠的走進來。

「總經理早。」她主動打招呼，語氣卻這樣冷漠生疏。

「早。」他無奈的點點頭。

堅持了幾個月，那些美少年死心斷念，也就不再來了。本來麼，不過是些大孩子，在他們青春狂野的生命中，麗晴不過是鮮明的一抹火紅，能堅持幾個月，已經很不得了了。

只是，他們將來若回憶起這個烈火似的美豔女子，會不會有一瞬間的失神？

笑著自己莫名的感傷，他走進辦公室。

年輕的天威不懂這些中年滄桑，他仍然頑固而默默的跟在麗晴後面，中午一定一起吃飯，下班一定等她一起回家。

「你要什麼？孩子？」幾個月後，麗晴無奈而溫柔的問。所有的追求者幾乎都碰了釘子死了心，只有這個傻瓜還跟著。

「我不知道！」他自己也煩躁起來，「我真的不知道！而且，我二十五歲了！不是孩子！」他氣得氣息粗重，緋紅爬上他的臉，連耳朵都透著亮紅。

「我知道你不是孩子。」她無力的坐在捷運裡，「如果你真是孩子就好了。」她拿下眼鏡，把臉埋在掌心。

怯怯的拉了拉她的衣角，不了解為什麼對她總是這麼凶。這樣的動作，卻讓麗晴溫柔的嘆口氣。凝視了他一會兒，「要來我家坐坐嗎？」

到麗晴家？呆了好一會兒，他點點頭。

一直到坐在麗晴挑高的套房，他還有點發愣。雖然是滿小的房間，卻因為樓中樓的設計，竟然有一房一廳。默默的坐在隨性散放的坐墊上，沒想到她的家這樣典雅整齊，牆上懸著字畫和荷花。

「要看看臥房嗎？」她笑笑。

隨著木造樓梯上去，超大尺寸的雙人床墊不知道為什麼，覺得有點刺眼。

「……妳常帶男人回來？」靜默片刻，他開口，語氣有著深深的妒意。

「沒有。」她往床上一坐，「我不帶男人回家。」拍拍旁邊，「來，這裡坐。」

充滿香氣的，女人的房間。連坐在這裡的麗晴都變得很陌生……卻很誘人。剛洗過的臉發出洗面乳的香氣，卻比香水更有著純潔而誘惑的香味……互相輕輕的啄吻，溫柔的開著彼此的釦子……

擁抱的時候，他輕輕嘆息。所有的掙扎像是無所謂了……

「你要什麼，就拿走吧。」麗晴的聲音忍耐而認命，「如果這就是你要的……」

這話卻像是火燙的烙鐵讓他一跳。天威彈開來，望著襯衫前襟都開著的麗晴，手要緊緊握拳，才不至於傷了她或自己。

「……妳以為我就是要這個？」他暴怒起來，「我若要這個，為什麼要緊跟著妳這個老女人不放?!哪裡沒有女人？更何況愛我的女人?!」他氣得衝下樓梯，不顧自己前襟也開著，「我連我要什麼都不知道，妳不要太自以為是了！」

碰的一聲摔上門。麗晴反而發愣起來，坐在床上良久，沒有動彈。

這種輪迴呀……什麼時候才會停止？

＊　＊　＊

以為天威暴怒而去，不會再纏著自己，沒想到第二天早上，看到還在生氣的他，默默的站在樓下，等她一起上班。

決心像是遇熱的奶油，一點一滴的融化了。

「……哪裡沒有愛你的女人？」她無奈的看著這個漂亮孩子。

「我就說我不知道了！」他還在生悶氣，氣她，也氣自己。

慢慢的走下來，牽起他的手，「走吧，再不走就遲到了。」她瞄了臉紅的天威一眼，「……你昨天跑得那麼快……你該不會是處男吧？」

「我不是！」他吼起來，「我是男人！當然有欲望會找人……呃……」

「卻沒有接過吻？」麗晴笑了起來，「男人也有這種無聊的堅持？」

他氣得不想回答。

好小的手……握著她的時候，不知道為什麼，所有的氣不知道哪裡去了，只有一片祥和安靜。

我不知道……我不想知道。

「我們……」他突然轉頭，「我們才差七歲而已！」

麗晴聳聳肩，「是呀！」

他們相戀的消息馬上傳遍了公司。女人們鬆了一口氣，男人卻悶悶不樂。氣急敗壞的舊情人跑來興師問罪，麗晴只是一臉漠然，「有嗎？我跟他戀愛？我怎麼不知道？」

成為流言主角讓天威很不自在，他總是握著拳頭把好奇的人趕出去，比以前更努力工作。

「我自己都不知道，你們吵什麼吵？」他這樣暴躁的吼過許多人。

但是，他還是頑固的接麗晴上班下班，皺著眉跟她一起吃飯，交談的時候，也是公事較多。

「深呼吸，放鬆。」為了獨當一面的提案，天威鐵青著臉一個上午，「來，眼睛閉起來，我給你勝利女神的加持。」

閉著眼睛的黑暗中，她芳香的氣息接近他，唇上有著柔軟如絲絨的觸感。

一個純潔的輕吻，卻讓他的焦慮化為無形。

「你行的。」麗晴把眼鏡戴回去，閉隻眼跟他翹了大拇指。

提案很順利。他相信是勝利女神對他微笑的緣故。

成功的滋味……實在太好了。尤其是跟麗晴分享時她發亮的笑容，更讓這種滋味甜蜜起來。

*　　*　　*

「到國外的度假中心考察？」天威不可置信，「但是我進公司才一年！」

逸明拍拍他的肩膀，「一年而已就這麼優秀，將來不可限量，不是嗎？我們本來就在國外成立了情報中心，成效一直不彰。剛好有這機會，你也去看看，到底國外的度假中心有什麼我們能借鏡的地方，順便整頓一下那兒的情報中心……」

「太好了！」其他的同事萬分羨慕，「可以到處玩一年呢！用公費去玩，真好……」

「喂喂喂！不是去玩哪！」逸明微笑著，「是考察！」

「差不多啦……」大家七嘴八舌的討論哪個度假中心辣妹多，天威卻鐵青著臉，站了起來，「我很感謝……但是，我不能去。」

正囂鬧的企畫課安靜了下來。

「理由呢？」逸明打破沉靜。

「我資歷不足……能力可能也還不夠，所以……」

「我要真正的理由。」逸明的眼睛射出殺人的眼光，「你該不會是捨不得某人吧？」

天威馬上臉紅過腮，「才不是！」

「那麼，你是對我這個課長的調度有疑問囉？」他又步步進逼。

「……也不是。」天威低下頭。

逸明的語氣和緩了一點，「我知道這個消息對你來說，實在突然了些。不過，男兒志在四方。你還年輕，就有這樣的成績，絕非池中龍。這些歷練都是必要的，不管再怎麼戀戀不捨……先讓自己變成男子漢吧！偏安一隅能有什麼發展性？」拍拍他的肩膀，「好好想想。」

他沉重的點點頭。

回家躺在床上，他望著天花板發呆。若不是遇到麗晴的話……這個機會恐怕會讓他開心的跳起來。

但是……現在卻要離這麼遠。

思前想後，想了很久很久，他輕嘆一口氣。「或許……這是個好機會吧。」他還太年輕，原本不希望這麼早就陷入愛的漩渦。但是……他動心了。

目標居然是個這麼老的女人。

未來的阻礙……可以想像有多多了……他不加油是不行的。一年而已，不是嗎？藉機弄清楚自己的想法，和麗晴的想法。

一想清楚就鬆懈下來，他安心的睡著了。

＊　＊　＊

「麗晴，我要被派到美國的情報中心了。」一起上班的時候，他不打算隱瞞。

她笑笑著，「很好呀。外派通常是想加以重用，等回來的時候身價百倍喔。」

天威凝視著她，明麗的夏天早晨，清風徐來，在月台蕩漾著。

「……妳以前問我，我想要什麼，對不對？」他忖度了一夜，「在我走之前，能不能要求妳一件事情？」

「你說？」

我喜歡的，到底是這個麗晴，還是傳說中的她？「在我離開的前一天，請妳為我變身成以前的麗晴。」

她張圓了眼睛，非常意外的。

「這是我的最後一點任性，可以嗎？」他俊逸的臉龐粉嫩著稚氣的堅持，讓她不禁笑了起來。

「可以。」輕輕拍拍他的膀子，「如君所願。」她又加了一句，「你可不要後悔。那天……你不要來接我。我讓你看看以前的惡女。公司見。」

* * *

到了那天，天威很早就到公司來，心裡忐忑不安。

剛打完卡，只覺得後面談笑的聲音突然消失了。轉過身，只覺得呼吸為之一窒。

高佻的女子留了一頭長直髮，細心描繪著五官豔麗，一身極為合身的黑套裝，裙子硬是在大腿一半，等她走近，才發現她那西裝外套裡頭什麼也沒穿，隱隱約約的露出誘人的乳溝，足登三吋半高跟鞋，纖細的腳踝有著細細的踝鍊琳琅，娉娉婷婷的走過來，眼尾眉梢盡是不安分的風情。

「嗨，天威。」只是這樣交抱著雙臂，眼角含笑，就讓他張大了嘴。她就是那個老小姐似的麗晴？

「不認得？嗯？」她輕輕拍拍他的臉頰，「大白天就發呆，不太好喔！」

一路上都有興奮的年輕同事蜂擁著打招呼。原本沉靜的公司一下子變出華麗的氣氛，到處都是騷動。

看她意氣風發快步的行走於走廊之上，許多人驚訝羨慕的望著她，連一撩頭髮都是風情萬種。她清脆響亮的笑聲傳到好幾間辦公室之外，捧帳單出出納課也這麼的乾淨俐落，「不要拿那種東西增加我們的工作負擔。」她冷冷的像是女王一樣望著財務課課長，「把單據提出來！提不出來就滾蛋！」

「麗晴！」淑真興奮的抱住她，「妳……妳回來了！」哭得淅瀝嘩啦。

「我哪天沒來上班哪？」她不耐煩的把她按在座位上，「工作工作工作！啊？逸明？怎麼有空過來看我？」她把手撐在桌子上，媚笑如絲。

「天，麗晴麗晴……」孫帥哥一副意亂情迷，「妳這樣多好？幹嘛把自己弄得像是老小姐一樣？」

「沒錯，」她叉腰，眉眼飛揚，「我也覺得這樣身心皆自在呢！這要感謝天威……」

逸明的臉一沉，「干那渾小子什麼事情？」

「他想看惡女麗晴哪……」她手指在逸明的領帶上畫著小小地圈圈，弄得他心癢難搔，跟在逸明後面的天威臉都變色了，抬起頭看到天威，麗晴微笑，「現在你看到了。」她走過去，斜倚在門框，「怎麼樣？很失望？」

失望？要怎樣對這個豔麗的大美人失望？但是……他卻不自覺的懷念起那個帶著平光眼鏡，正經八百的老女人。

怎麼有人能夠變身得這麼澈底呢？

他突然拽住麗晴，「妳老實說，妳是不是有雙重人格？就算妳有雙重人格，我也還是一樣對妳的。」說完，他嚴肅的點頭，走出出納課。

「美少年真是可愛。」望著他的背影，麗情感嘆著，眼中盡是迷戀。

部屬們互相看了一眼，有點無奈的低頭辦公。雖然……雖然希望她恢復本色……為什麼她露出那種花痴樣的時候，還是想打她呢？

真是不明白。

* * *

她這樣倚在出納課的窗邊看著夕陽時，像是一幅畫。全身籠罩著火樣金黃，亮麗的妝讓她美麗的五官更突出，穠纖合度的身材像是上帝的恩典一樣。女人最巔峰的年紀，不管是智力還是美貌，正是最盛開的玫瑰。

這種極豔卻讓人怵目驚心，花盡荼靡，不知道下一秒是不是就要開始凋零。

「都辦好了？」依舊背著他，「明天早上的班機吧？」緩緩的轉過身，那光豔像是花的盛開，一點一滴的展開花瓣。

被她這樣溫柔的注視，他反而把頭低下來，不知道為什麼的臉紅心跳。

「喜歡你看到的嗎？」慢慢將他的眼鏡拿下來，「喜歡這樣的我嗎？」輕輕將芳香的唇貼在他唇上。

窗簾飛舞，在他們身上落著深深淺淺的鏤空花邊，空無一人的出納課，只有兩個即將分離的人兒忘情的唇齒纏綿。

感此纏綿意，連夕陽都不忍看，緩緩的墮入西山。

溫柔地幫他拭去唇上的口紅，麗晴專注的看著他，像是要記住他的臉龐一樣。

「……不管是怎樣的麗晴，我都喜歡。」天威捧著她的臉，「有雙重人格也沒關係，有過多少情人也無所謂。現在我了解他們的心情了……」他一直以為女人只會占有和控制，以愛為名，想要統治男人的身心。

但是麗晴……她只是溫柔又妖冶的想要共享一段美好的時光。

「等我。」他握緊這雙小小的手，「一年而已。一年之後，我一定會回來，回到麗晴的身邊。到時候……」他不願意輕諾，卻也不願意這麼錯過，「到時候，只要麗晴願意，請和我在一起。」

她的眼中出現愕然和感傷。感傷漸漸霧然，朦朧了她原本清亮的眼睛。

「謝謝。」

「妳不相信我？」他急著想提出保證，「等我！我一定會回來！妳一定要相信……」

「我懂，我相信你現在的誠摯。」她笑了，眼睛又恢復了清亮，「我哪裡也不會去。天涯海角，我都在美意。」

等他走了，她靠在窗邊不動，看著東升的月，和烏雲的銀邊。

「這次的他，會記得誓言嗎？」低沉富磁性的聲音，在她背後響起。

「當然不會。」麗晴的臉上有著模糊的悲憫，「離開了這裡，他們就開始長大，展翅飛向遙遠的天空。很快就會忘了我。」她微笑看著天際美麗的星辰，「美少年總會長大。只是……這一刻的心意很美麗。不過，就這麼一刻。」

多少美麗的臉孔在她腦海裡飛逝，最後都消失無蹤。每一個誓言，只有出口的那時才有著莊嚴神聖的虔誠。

只有那一刻。

「妳恨他們嗎？」總經理跟著她一起仰望，低低的問，「……也恨著我嗎？」

光線漸漸黯淡，只有她的眼睛閃閃發光。

「等我！」被抓回英國讀書，少年的書彥滿臉是淚，「要等我！等我畢業了，我就來接妳！不管發生什麼事情都要等我回來！」

再見面卻是他的婚禮上。

「我沒恨過任何人。」她柔媚的一笑，「那一刻，你們都是真的。」

她拿起皮包，輕輕拍拍他的臉，「只是男人那麼容易凋零，過了最美的一刻後，就像是孑孓化蚊，再也回不到水裡，當然也不復記憶以往。」

她鏗鏗的高跟鞋走到門邊，書彥叫住她，「麗晴！」

微偏著頭，等著他。

「只要妳願意，我馬上退婚。」他的心焚燒得難受，「只要妳願意嫁我。」

良久，她不回答。眼睛帶著溫柔的憐惜。

「沒想到，你還願意為我盛開一回。」她走回來，溫柔的吻了吻他的頰，「讓我想到月下美人。雖然只有一夜的盛開，也不忘為月吐露芬芳。」

這次，她沒再回頭。

打了好幾次的打火機，他還是點不著菸。焦黑無火的菸頭，和他枯萎已久的心。

妳錯了。我從來沒有忘記過妳，或者是忘記自己說過的誓言。要不然，我不會在回憶起來的時候，感到這樣錐心的痛和內疚。

這樣錐心，卻也這樣甜蜜。

只是……妳也對了。男人的誓言總是凋零得很快，有些時候的凋零，因為沒有勇氣，因為屈服，也因為……一時的遺忘。

卻無法永遠遺忘。

換他靜靜的倚在窗邊，望著中天明月，逐漸西沉。

搶救惡女大作戰

第二部

第一章

「為什麼妳又恢復這種老小姐的樣子～～～」淑真自從聽了新的人事令之後，已經氣不打一處來了，一看到麗晴還是控著臉戴著她的平光眼鏡，她就想殺人。

「哎呀，我答應天威給他看看以前的我嘛！」她還是好脾氣的，幫著其他人搬資料，「所以，當一天就夠了。現在多好，化妝品和治裝費不知道省了多少。」

「不好！一點都不好！」淑真繼續哀號著，「如果是以前的老闆，才不會答應這種鳥事！為什麼我們要接下人事部的工作？為什麼？」

「因為人事部裁撤單位呀，」麗晴閒閒的安撫她的怒氣，「而且，出納課升格了呢，我們現在叫做『出納暨人事部』，不是很好？」從此不用再聽會計部的指揮，真是痛快。

「哪個部只有四個人!?」淑真幾乎要哭出來，「我們要管整個美意的人事資料、招募、退休、離職、勞、健保！而且我們還要繼續出納的工作……啊～～～」

小依和阿葉彼此無奈的相看了一眼，她們已經放棄尖叫的權利了。

「放心吧，」麗晴笑得很嫵媚，「我們現在只要單純的出納就可以了。」想到財務課欣喜若狂的把資金調度和薪資的工作接回去，她就想笑，不出三天，一定會有新笑話可以看。反正美意這麼大的集團，不會因為幾筆帳弄錯就倒掉，銀行也不會因為那群飯桶把貸款資料弄得錯誤百出，就把美意列為拒絕往來戶。

「話是沒錯……」淑真欲哭無淚，「但是人事部……」

「放心，妳還是可以準時下班的。而且多接觸新人也不錯呀。」麗晴把檔案夾往櫃子上擺，「多給妳點寫作資料也好。這個月的新書出了沒？我要一本。」

淑真心虛的把抽屜一關，「剛好沒書了。」

「欸？我那裡還有一本。」阿葉笑咪咪的，她本來就是淑真的書迷，當初發現淑真就是她崇拜的愛情小說家，只差沒跪下來親吻她的腳趾頭，「淑真姊好厲害喔！她把老闆寫得好像……」

噓了半天也沒用，麗晴翻了翻書，「淑真姊！」她纖長的手指敲打著書頁，「我不是說過了，妳不要再把我拿出去批發零售……」

「啊！」淑真跳起來，「人事部那兒還有幾箱資料，我去搬回來……」跑得不見蹤影。

認識作家真是不幸。什麼雞毛蒜皮都拿出去賣錢，版稅半毛也不會分妳，頂多就是幾本不值錢的書。

她坐下來，剛打開電腦，雷琦領著新人，大剌剌的走進來。「哎呀……」她打量著樸素的麗晴，「怎麼了？終於良心發現，覺得年紀一大把了裝妖豔很詐欺是吧？恢復本色啦？」

「是呀，年紀一大把了，總要服老嘛！」麗晴沒動氣，「我都三十二了，雷琦，我記得妳小我兩歲……」

「我才二十八！」她怒吼出來，嚇得新人一陣瑟縮。

打量著雷琦，果然是業務部第一的美人兒。身材窈窕，妝點得宜的容貌姣好，身穿整套的**Mugler**，洗練出一身精幹俐落的風采。

「……好啦好啦……二十八……」麗晴有點受不了，「除了諷刺我，有何貴幹？」

「這是我們業務部的新人，」她頤指氣使的，「我帶她來報到。該有的文具勞健保資料準備好。我可不想虧待我們業務部的任何人。」她對那位新人說，「這位……就是美意已經凋謝的鮮花，我想妳哥哥應該認識。」

「美意第一美女的沈麗晴小姐？」新人小心翼翼的問，卻惹來雷琦如雷的怒吼，「我才是美意第一美女！這個歐巴桑算什麼?!」

麗晴搖搖頭，一面叫出資料，一面吩咐小依把表格拿過來。

「我似乎聽到有人很是自大呀！」阿葉嚇白了臉，張大了嘴巴，看了看坐在椅子上不動如山的麗晴，和從門外走進來的「以前的麗晴」，連雷琦都受了驚嚇。

「……妳不是麗晴。」雷琦驚魂甫定，「麗晴的衣服都是訂做的，不像妳……」

身穿香奈兒當季套裝，足登蛇皮高跟鞋，手裡提著 **Prada** 的皮包，雖然香奈兒裡頭也什麼都沒穿……妖冶不羈的神情和以前的麗晴多麼像……但是這個妖豔的女人卻像是鑲鑽石邊的「麗晴」版！

「我當然不是沈麗晴。」她冷冷的在雷琦身上轉一圈，「麗晴多少還能跟我比一比。妳？提鞋都不配！」

「什麼?!」雷琦氣得頭髮幾乎豎直，全身發出啪啦啦的電光，「妳再說一遍！」

「既然妳這麼喜歡聽，我多說幾遍也無妨。」那個鑲鑽的「麗晴」老實不客氣的對著她說，「連提鞋都不配！」

出納的幾個人覺得背脊發冷，眼前像是鑲鑽的龍和鬥氣高漲的虎互相咆哮。

好一場龍虎鬥……

麗晴沒時間看動物奇觀，向新人招了招手，「這些資料請填好以後交過來。不用理她們……妳知道業務嘛，總是要戰鬥性格堅強才熬得下來。妳跟的這個老闆不錯喔，」她指指雷琦，「連續三年的黃金sales，實力相當堅強。跟她互相露牙齒發出低吼的那個，是剛從紐約回來的經理，回來執掌海外事業部的。」

「老闆，妳認識？」部屬們驚詫不已。

嘆口氣，望望兩個女強人卻很低層次的對罵，「認識周慕南，彷彿是我上輩子的業障。」

周慕南立刻將雷琦拋到一邊，「麗晴？」她不可思議的尖叫，「沈麗晴?!」

需要這麼大聲嗎？她認命的嘆口氣，「有！」

「妳是那個不要臉、厚臉皮、到處把弟弟、笑起來嘴巴可以塞芒果，消耗唇膏到化妝品公司可以頒獎狀給妳的沈麗晴?!」周慕南一把抓住她猛搖。

「我是沈麗晴沒錯。」被她搖得有點暈，「除非妳還認識第二個沈麗晴。」

「那種魔女怎麼可以再認識第二個！」慕南一把搶走她的眼鏡，張著嘴上下打量她，「……老天，妳不化妝真醜！」

需要說得這麼明白嗎？她沒好氣的把眼鏡搶回來，「我有打粉底。」

「那跟沒穿衣服有什麼兩樣?!」她眼底有著深深的失望，「妳是不是嫁人了?!說！」

「我沒有。」她聲音扁扁的。

「那幹嘛弄成這副黃臉婆的樣子！」她頹然的垂下雙肩，「這樣我怎麼還有鬥志？我去紐約五年，每天為了打敗妳而做的努力算什麼？妳……」她揪著麗晴的衣領，「站起來！堂堂正正的決鬥！誰准妳養老了？妳這個該死的傢伙！……」

「冷靜呀～周經理～」忠心的部屬衝上來解救，雷琦一把抓住她，「妳是什麼意思？不把我放在眼裡？妳給我說清楚！」

正不可開交，低沉富磁性的聲音傳來，「很熱鬧呀。慕南，老友相見很開心吧。」

猙獰的面孔馬上變得溫馴嬌豔，「總經理……」她妖嬈的靠在他的手臂，「麗晴發生什麼事情了？變得不像她呢……」

「這個啊……」他露出瀟灑的笑容，鬢角飄霜的壯年郎最能征服人心，他鬢角的少年白，更讓他散發出成熟男人的魅力，「我慢慢再告訴妳……來吧，我要將妳介紹給海外事業部……順便看看妳的辦公室……」臨去前，他對麗晴眨眨眼，她無力的揮揮手，虛弱的一笑。

「老闆！」小依生氣起來，「妳怎麼不抵抗！如果是以前……」

雷琦反應更激烈，一拳打得桌子上的電話都跟著跳起來，「我看錯妳了！讓那女人這麼囂張妳也不生氣嗎？妳還算不算是美意惡女?!」

麗晴翻翻白眼，用指頭堵住耳朵，省得耳力受損。

「欸！麗晴，剛剛走出去的，該不會是周慕南吧？」淑真大驚小怪的進來，「士別三日，刮目相看。隔了五年……嘖嘖，我的眼珠子快掉下來了。」

「沒錯，就是周慕南。」她撐著臉嘆氣，「她回來幹嘛？紐約不是待得好好的嗎？」

「如果她回來了，那，是不是鍾采薇也跟著回來了。」淑真猜測著。

「學姊，」她喊著淑真，「這是不是我玩弄了太多弟弟的報應？采薇回來就好了，她回來幹嘛？」

淑真苦笑著，冷不防一把被小依和阿葉拖出去，連雷琦都側耳傾聽。

「周慕南……是誰呀？」三張期待的臉孔亮晶晶的。

「我大學學妹呀。」淑真有點害怕。

「老闆也是妳大學學妹。」

「這個……」她搔搔頭，「如果有人從小學開始，國中、高中、大學都是同班同學，容貌功課還都差不多，妳對這同學怎麼想？」

「好朋友呀。」小依笑得滿開心的。

「密友。」阿葉也笑嘻嘻的。

「死敵！」雷琦咬牙切齒的讓大家嚇一跳。

淑真對著雷琦點頭，「更糟糕的是，她們一起考進美意，初戀對象還是同一個男人。」兩個麗晴生死互搏？光想到宛如霸王龍爭鬥的血淋淋，幾個女人就不寒而慄。

「後來，那個男人選誰？」喜歡看愛情小說的阿葉眼睛出現星光。

「麗晴。」淑真洋洋得意，「當時的麗晴比現在豔麗百倍哩。慕南啊……好學生一個，穿扮得像是老處女。不過，也沒什麼用啦，誰也沒得到那個混帳男人……那傢伙只是趁暑假回家打工，暑假過了又回英國念書了……」

這故事好熟……阿葉思考了一下，「欸?!該不會是……」

幾個女生都聽過這個八卦，一起衝口而出，「總經理?!」

淑真無奈的點頭。「所以說呀，問世間情為何物……」

「叫妳們全勤皆無。」麗晴叉著手看著這群熱心八卦的部屬和宿敵，「繼續摸魚好了。我早就覺得全勤發得太浮濫……」

咻的一聲，每個都跑得無影無蹤。

*

*

*

她到底回來幹嘛？

員工餐廳裡刮起「慕南旋風」，都三十二歲的人了，還到處招蜂引蝶，逗得芳心空虛的男人如痴如狂。

偷覷老闆有沒有氣得折斷湯匙，只見她氣定神閒，幾乎已經到了捻筷子微笑的地步。

「麗晴，妳可以出家了。」淑真沒好氣。

「不行，我討厭吃素。」她夾起一塊糖醋排骨。

幾個部屬發出類似嘆息的呻吟。

倒是慕南先忍不住，擋在她前面，「怎麼？妳真的是美意第一惡女沈麗晴？」

「妳已經確認好幾遍了。」她拿起餐盤，走向回收處。

「看看妳現在的樣子！妳怎麼對得起我這麼多年的奮鬥？」想到這裡，慕南的火全上了，「妳看到沒有？所有的男人都為我瘋狂。」

「很好啊！」麗晴和藹的拍拍她的肩膀，「美意的惡女，就交給妳當了。雖然說到三十好幾才開竅是有點晚啦，總比當一輩子的老處女好。」

這種熟悉的……熟悉的……令人討厭的感覺！

「這麼多年沒見了，妳的嘴巴還是一樣賤。」

「彼此彼此。」麗晴笑了笑，「別生氣，臉上的粉底要龜裂了。」

「妳那張老處女的臉才長滿黑斑！」

「妳說錯了，」麗晴眼睛靈活的一轉，「的確我已經老了。不過，我的處女在二十一歲那年，已經給了我『親、愛、的』。」看她氣得七竅冒煙，「欸，該不會妳還是處女吧？」

「我早就不是啦！」慕南拉出最完美的架式，「像我這麼美麗、聰明、妖豔的女人，男人捨得讓我保留處女之身到現在嗎？」

「可憐的男人。」麗晴搖頭，「第二天沒被妳卸妝後的臉嚇得來不及穿褲子就跳窗逃生嗎？」

在員工餐廳討論處女和男人，會不會勁爆了一點？不過，員工餐廳好久沒有這種火花四濺的場面了，實在好懷念啊……

「很熱鬧對不對？」總經理不知道什麼時候站在後面，笑容滿面的看著火龍激鬥。

「書彥～」慕南原本皺出怒紋的臉馬上轉為楚楚嬌柔，「你看麗晴凶得要命。」

麗晴冷哼一聲，推推眼鏡，從他們旁邊走過去。慕南將總經理一丟，「沈麗晴！男子漢大丈夫就正大光明決鬥！」

「妳是男人？」麗晴轉身搖頭，「沒想到妳去變性了。我可沒那麼變態。」

看著兩隻火龍狂飆而去，淑真擦了擦額頭的汗。「真是熟悉的場景……」她晚了麗晴幾個月才來美意，「只是兩個女人的形象交換了。」

＊　＊　＊

「對了，」麗晴突然站定，氣沖沖跟在她後面的慕南險些撞到她身上，「采薇也跟著回來了嗎？」

「那當然，」她好不容易站穩身子，「我怎麼可能將她一個人丟在紐約？」

「……采薇離婚後就在妳那兒？」采薇是她們三人組裡最甜美可人的，也最早披上嫁裳。

紅顏多薄命……她不禁有些感嘆。

「是這樣就好了。」說到采薇，慕南的火氣也降了下來，「等我知道她離婚，她已經孤零零的待在拉斯維加斯好幾個月了。」想到她那眼眶深陷，瘦得像是一縷幽魂的樣子，打了個冷顫。

「……妳們也沒人告訴我一聲。」麗晴低下頭，「等我知道，已經好幾年了。」

「告訴妳能幹嘛？」慕南沒好氣，「那時候妳正賣命賺錢還妳那死鬼老爸的債務，哪裡擠錢出國？到底還完沒有？」

「還完了。」想起那段惡夢似的日子，麗晴也感嘆。狂了好幾年在美意賣命，出盡美貌和能力，咬牙償還高昂的債務，等確定還清，她再也沒有力氣在工作上衝刺。

董事長欣賞她的工作能力，准她找部門安身，她躲到出納喘息，安心過她招蜂引蝶，無事一身輕的日子。

「妳那個爸爸呀……」慕南滿腹牢騷。

「妳老媽也沒好到哪裡去。」麗晴不想再談兩家長輩合夥當組頭的蠢事，「現在妳給不給家裡家用？」

「最低工資當標準。」慕南臉蛋森冷起來，「多一毛也別想。」

「我也是。」麗晴拍拍她，「我們見面吵什麼？都三十好幾了。」

「正是女人最巔峰的時候！」慕南瞪她一眼，「妳沒看過BJ……」

「就告訴妳紐約不要待太久，腦子都待壞了。」麗晴老實不客氣的吐她，「巔峰？巔峰就是準備走下坡了啦！」

「喂！」慕南想繼續槓下去，無奈上班鈴響了，「不是吵不過妳喔！上班了。下班跟我回家啦，采薇想妳。」

我也很想采薇呀。

進了慕南銀色的S320，忍不住損了她幾句，「台北開車找塞車嗎？妳在紐約塞不夠？捷運好好的，幹嘛開車？」

「有完沒完啊？」慕南熟練的打檔，「不開車，怎麼顯得出我多年奮鬥的成果？」

麗晴翻翻白眼，繫好安全帶。

多年奮鬥的成果……沒想到平民女子也住到這種豪華社區。全靠自己一雙手。想想自己，想想慕南，不禁盯著自己的手發呆。

「這兒，」慕南得意洋洋的打開大門，「我先說喔，這是買的，可不是租來的。」

寬闊的客廳，雪淨的像是醫院，只放了沉默的一套沙發和音響，幾乎什麼也沒有。

「好像太平間。」麗晴喃喃自語，慕南怒視了她一眼，正要開口，電話偏偏響了，她慌忙去接電話，「喂？是……對不起，請稍等一下……」她掩著話筒，「麗晴，妳去看看采薇是不是睡了，她知道今天妳要來，興奮的一夜沒睡。直走右轉就對了。喂？呵呵，沒事沒事……」

聳聳肩，她穿過甬道，停在采薇的門口，想要敲敲門……又有點心怯的停手。

門上柏枝環繞的名牌，她想到杜甫「佳人」的「采柏動盈掬」。

怔忪片刻，她輕輕的敲了門。

第二章

沒有人應門。她試了試，發現門沒有鎖，逕自開了門進去。

采薇背著她坐在地毯上，長髮蜿蜒於地，戴著耳機，正專注的縫著娃娃的衣服。

好像幾十年的光陰於她無關一般，這樣的情景，又回到無憂無慮的童年。溫柔有耐性的小小采薇，總是幫粗笨不耐煩的麗晴、慕南，細心的縫過一件又一件的娃娃衣裳。

向前踏了一步，洶湧的酸楚衝向鼻根，淚盈於睫，許許多多的往事在腦海裡飛馳。

若說慕南是她生來相剋的業障，采薇就是上蒼給予的補償。

從小就相鄰而居，小學到大學都是同班同學。她們這三人組若不是有溫柔的采薇，她和慕南早自相殘殺到老死不相往來了。

第一天見到她的時候，正是九月開學的薰風裡。互相看不順眼的兩個人正準備大打出手，剛好洋娃娃似的采薇走了進來。

本來只能遠遠看著的小公主，突然走進教室變成她的同學。

「妳……」她笑靨如初綻春花，「妳是沈麗晴還是周慕南呀？」她又看看慕南，笑靨更深，「妳們好像，我都快分不出誰是誰。」

熱鬥的氣氛馬上冷卻下來，就像是女騎士遇到了公主，有了保護公主的天職，再討厭對方，也容忍的一起上學，一起上課。

一個溫婉的，柔情似水的美麗公主。看著她美麗笑靨和烏黑濃密的長髮，心裡就充滿了幸福。

她們那時候多愛她的頭髮呀～總是搶著梳理。她也總是好脾氣的任她們擺布。國中的時候，陪她去理髮院剪掉時，捧著頭髮哭的不是采薇，是這兩個忠心的傻瓜。

越長大，她和慕南相貌越相異，兩個人的分歧也越來越大。麗晴國小六年級就會為了「護唇膏」有沒有顏色跟訓導主任爭辯，同樣是百褶裙，她偏偏要比別人短，也開始接受小學弟一起吃冰淇淋看電影的約會。她像是早熟的玫瑰，很小就吐露芬芳，天真帶著嫵媚，跟異性，尤其比她小的異性處得極好。

慕南卻有著正常少女的異性厭惡。她立志要在學業上爭取最好的成績，也不願任何「骯髒」的男生靠近，專注的結果是小小年紀就戴上眼鏡，清秀的臉總是一派冷傲。對麗晴的「花痴」，她完完全全的不屑，不過這個好玩的花痴女生，功課竟然和努力如斯的自己差不多，令她相當生氣。麗晴也討厭她的敵意，白天若無其事，晚上回家也用功到吐血。

若不是有采薇的安撫和緩衝，她們早殺了起來。

為什麼會這樣呢？溫柔美麗又心慈的采薇……大學時就和她的王子一見鍾情，堅貞了四年，又結婚出國念書……不是很幸福嗎？為什麼……

「采薇。」她輕輕喚著。

先是愣了一下，她緩緩的轉過頭……

沒變。一點都沒變。就像是采薇的歲月凝固在分離的二十一歲，而她和慕南……都已經老了。

「麗晴！」她將手裡的東西一丟，撲進她的懷裡，「我好想妳啊～」

驚覺她的眼淚，「麗晴，不要哭，」柔軟的小手輕輕拭著她的眼淚，「我也好高興……但是……高興的時候不能哭……」她哽咽起來。

「妳幹嘛把她弄哭啊！」慕南不開心的瞪麗晴一眼，「哭很傷身的！來，采薇，不要理這個又哭又笑的瘋子，我泡了紅茶，一起吃蛋糕吧。」

「妳眼睛怎麼長的？」麗晴沒好氣，「是我在哭！」

慕南把頭一別，「咕，妳哭不哭關我什麼事情？小心哭糊了眼線，黑漆漆的眼淚滿可怕的。」

「我沒化彩妝。」麗晴倒豎起眉毛，「妳才要擔心別讓瞳孔流出來！」
「我才不像妳這麼沒用，只會哭哭哭。」
「那是誰失戀的時候倒在床上哭了三天，哭成一個人型衛生紙？」
「拜託，那是年紀小不懂事！」
「二十一歲已經過了能投票的年紀了，還好意思說小？」
慕南一跳，多少新仇舊恨一起湧上來，「要不是妳搶走了我的書彥，我會那麼傷心嗎？」
「是我的書彥！」麗晴微笑的轉頭，「他愛的是我呢。」
「要不是妳無恥的用大胸脯勾引他，他本來比較喜歡我的！」
「誰會喜歡老處女？」麗晴對她做了個鬼臉。
「妳……」、「妳……」兩個人互相怒視，靜電啪拉拉的火花四濺。
「太好了。」采薇笑著，「妳們感情還是這麼好。」
誰跟這傢伙感情好？互瞪了一眼，又別過頭去。
「真有趣。」采薇掩著嘴，「好像回到以前呢……十幾年的時光像是不存在。」淡淡的感傷著，「只不過現在的慕南像是以前的麗晴，現在的麗晴像以前的慕南。」

「我才不會像她！」兩個人異口同聲。

「不像不像，」她好脾氣的安撫，「來喝紅茶。慕南的紅茶泡得很棒。啊……好好吃的黑森林。」她美麗的臉一派滿足，「真好吃。」

「蛋糕是我買的。」這樣的笑容真叫人喜歡，「妳喜歡我下次再買。他們的草莓慕斯也很好吃喔。」

「邀功。」慕南嘀咕著。

「呿，泡紅茶了不起？」真奇怪，她跟誰都處得好，就是跟這女人像是好幾世的冤讎。

抬頭細看，和客廳截然不同。溫暖的小房間，低矮的傢具，到處都是洋娃娃。工作桌上還丟著做到一半的娃娃。若是在別人的家裡出現，一定會讓人毛骨悚然……但是在采薇的房間，氣氛卻和煦的宛如一屋子的小朋友。

細看娃娃身上的衣服，這樣柔和的配色，精緻的手工……「都是采薇做的吧？」

「嗯。」她不好意思的紅了臉，「娃娃也是我做的。」她愛憐的摸著未完成的娃娃，「衣服、配件，娃娃本身。這屋子都是我的作品。我……我不像麗晴和慕南這麼堅強努力，只會在家裡做娃娃。」有點羞愧的低下頭，「……這份工作不用出門，所以……」

「拜託，妳胡扯什麼？」慕南瞪了她，「妳別聽她胡說。她現在可是美其兒玩具公司的特約娃娃設計師呢！她手工縫製的衣服和親手做的第一具始祖娃娃在市場上飆到天價！這房子的錢，她也出了一半呢！」

「我相信，我也明白。」麗晴輕撫著微笑著的娃娃，「……連我都可以感受到製作者抱著怎樣的心情做這些娃娃的。」她抬頭，微笑裡卻有點悽楚，「……采薇，妳最想做的，還是『媽媽』吧？」

采薇愣住了，嘴唇顫抖著，晶瑩的眼淚落了下來。

「妳哪壺不開提哪壺？」慕南氣得給她一個肘拐。

「……對不起。」麗晴低頭認錯。

「不要說對不起。我很高興。」她揩揩眼淚，「其實，慕南也知道，只是她捨不得說。」微微一笑，「我沒事啦。我從小就想當新娘，當媽媽，有個幸福的家庭。只是有時候，願望越小，越不容易實現。」

「實現啦！」麗晴摟摟她，「妳有一屋子娃娃小孩，還有討厭的慕南陪妳。」

「『討厭的』用不著加上去。」慕南皺眉，「對啊，我會陪妳的。怕什麼？我們也是一個家呀。」

「不要胡說。」采薇拉拉她的手，「妳總要嫁人的。」

「為什麼？」慕南聳聳肩，「嫁人有什麼好？男人有什麼功用？」

幾個女生開始思考。她們的收入都已經比許多男人高了。

「提供精子。」、「提供樂趣。」

又沉思了一會兒，「然後呢？不嫁人也可以有這些功能呀。」

「可是……」采薇開口，慕南阻止她，「哎呀，這種事情，未來再煩吧。目前我看不出結婚的好處。」

「是不是因為我的婚姻……」采薇說出她放在心底許久卻說不出口的擔憂。

「不是。」慕南很乾脆。「我又沒看到婚姻有好結果的。」

「……采薇，妳為什麼會在拉斯維加斯？」麗晴下意識的擋了慕南的肘拐。

「哈哈……」她就知道逃不過麗晴的追問，慕南太寵她，所以什麼都不問，「因為，離婚的打擊有點大，我又被限期離開……渾渾噩噩的搭了好久的公車，等我發現的時候，已經到拉斯維加斯了。」她笑了笑，「拉斯維加斯的旅館很不錯，有些賭場還有免費餐點喔！我身上的錢又不多……」她的笑慢慢模糊起來，「……又不敢回家。我不是要絕食啦，只是一下子想不起來要吃。我不知道昏迷的時候，旅館會打電話給慕南……讓妳擔心，對不起。」

「為了一個王八蛋這樣，妳不覺得很不值得嗎？」雖然早就推測到，慕南還是心疼又生氣，「妳叫我……叫我們怎麼受得了？」

麗晴只是嘆息了一聲。「過去了。」她一笑，牽起采薇和慕南的手，「歡迎回來！來，乾杯！」

「誰會用紅茶乾杯！」

* * *

送麗晴回去的時候，慕南一路沉著臉。

「妳……」麗晴想打破尷尬的沉默，她凶巴巴的大喊，「閉嘴！」

「我才說一個字！」麗晴也上火了。

「妳要說的話這幾年我聽多啦！」她猛催油門，「怎麼，喜歡跟自己朋友一起就是同性戀？為什麼對另外一個女生好就一定要是那種關係呢!?我就是不想結婚，就是喜歡和采薇住在一起呀！為什麼不可以？我喜歡照顧她有什麼關係？妳也跟著胡說八道的話，乾脆把妳載到山區棄屍算了！」

「我又不是要說這個！」麗晴吼起來，「我只是告訴妳，妳錯過交流道了！」

「唧」的尖銳煞車聲，麗晴差點讓安全帶勒死了。

慕南愣了一會兒，慢慢把車開到路肩停下。沉默了很久，她開口，「我真的很喜歡采薇，但不是那種喜歡。我喜歡和男人擁抱，卻不想和他們一起生活。我不想對采薇怎樣，卻喜歡跟她一起生活。」眼淚緩緩的蜿蜒在頰上，「……為什麼這樣不行呢？為什麼大家要說得那麼難聽？」

麗晴把手帕遞過去，「……妳就為這原因回來啊？」

她沒有說話，只是擦著眼淚。

「真沒辦法。別人爛嘴巴，妳也跟著流膿。膿包！」麗晴把頭轉一邊，「妳呀！有志氣一點。跟我吵架氣衝斗牛，別人說兩句就流膿？虧我把妳當可敬的敵人那麼多年！真是浪費我的敬意！」

「妳說啥?!」慕南握拳幾乎將手帕擰出汁來，「我要不是怕采薇受傷，我才不怕別人說什麼?!」

「妳不會告訴別人，妳是采薇異父異母的姊妹嗎？笨蛋！」

異父異母？慕南抱著腦袋，好不容易搞清楚，「……這是詐欺吧？」

「好，那妳告訴我，看到妳就火大，是什麼牽絆我們這麼多年？吭？除了血緣關係，還有比這更暴力的牽絆嗎？」

被她激得語塞，兩個人像是鬥雞一樣互相怒視。不知道是誰開始的，不知不覺大笑了起來。

「真是令人厭惡的關係。」

「呸，我才想結束這種孽緣呢！」

「妳這個……」

「妳才是……」

兩個人的爭吵，熱鬧了冷清的快速道路。

*　　*　　*

「我先嚴重警告妳們，」還沒進門，就聽到淑真激動的聲音，「就算天崩地裂，也絕對不能告訴老闆這條八卦，知道嗎？」

「不能告訴我什麼？」麗晴閒閒的問，一大群女人通通跳起來，張大了嘴，驚駭莫名的看著她。

「說呀，什麼事情不能告訴我？」個個臉色慘白，面面相覷。

「嗯？」這麼一聲，就有人驚得一顫。

「老……老闆……」小依結結巴巴的問，「那個……那個周經理……有人說她是同性戀，還……還跟愛人同居……」

紐約的八卦一路直傳台北的速度還真快啊。「哪有那回事？」她悠閒的打開電腦，「她跟妹妹住在一起有什麼不對？」

「鍾采薇是她妹妹?!」淑真驚愕的問。

「哎唷，上一代的事情，我們晚輩怎麼好去傳？」麗晴連頭都不抬，「總之，這當中有很多緣故，一時也說不清。那個笨蛋女人就會隱忍著，就怕人家知道。我們三個其實……」她掩了掩口，「算了。我這個做姊姊的，也不能多說。都是長輩，我能說什麼？」

該不會……連老闆都……

錯綜複雜的上代愛恨情仇！互相友愛感情至深的異性姊妹！同時愛上一個男人，還是無法泯滅這種親情的束縛……

「難怪妳們怎麼吵都吵不散……」淑真熱淚盈眶，「真是……真是苦了妳們……」

看她們捱不住的出去傳八卦，麗晴在螢幕後面偷偷露出笑容。

我可什麼也沒說。

不到一天，等傳回她耳朵裡的時候，已經是一整部感人熱淚，愛情家庭倫理大悲劇，其耳光戲與床戲可比花系列。

慕南一點也不感激她，反而一把揪住她的胸口，「我是妳妹妹？妳看到鬼了？」

「我什麼也沒說。」掙扎著，兩個人角力到最後，「妳很煩欸！這樣流言不就停止了？」

被壓在牆上的慕南大喊大叫，「我寧可被人誤認為同性戀，也不想跟妳當啥勞子的姊妹！」被慕南推得重心不穩，麗晴一傢伙撞在她嘴唇上。

「呸呸呸，好噁心啊～」慕南尖叫的聲音倏然停止，幾個同時來洗手間的女同事張大了嘴。

麗晴強吻「妹妹」的消息不逕而走，等回傳到出納的時候，已經從花系列變成台灣阿誠了。

「妳……」淑真有點無法接受這麼勁爆的八卦，「妳……妳真的不再接受男人，是因為妳發現愛的是女人？」

麗晴垮下肩膀，無力的瞪這個老部屬兼學姊。

「我不要啦～」小依哇的哭了起來，手裡的袋子掉在地上，「我不相信啦～我不相信老闆是這樣的，不可能啦～嗚嗚～」

她袋子裡滾出防狼噴霧器、電擊棒、哨子和警報器。

「這……」

「我男朋友給我的……」小依越想越生氣，「我崇拜的老闆不是這樣的啦～嗚嗚～」老天，這些人不工作只拚命傳八卦？

「別哭了，想哭的是我吧？」

連吃飯都不得安寧，總經理滿臉壞笑的走過來，「難怪妳拒絕我的求婚呢！原來……妳放心，無論妳的性取向怎樣，我都會默默等候妳的。」

員工餐廳每個人都屏息以待。

麗晴橫了左右一眼，笑盈盈的拿下眼鏡，一把拽住總經理的領帶，在餐廳火辣辣的吻了起來。

有人手裡的碗匡噹的掉下來，還有人灑了湯，失了筷子掉了湯匙。鴉雀無聲中，人人張大了嘴。

這下子，沒人敢說我是同性戀了吧？

「老闆，不好了！」阿葉涕淚縱橫的衝進來，「現在大家都說老闆是雙性戀兼亂倫癖啦～還說我們出納全是妳的……妳的……哇～我不要啦～」

麗晴差點溜到桌子底下。翻翻白眼，無奈的嘆口氣。

第三章

「哈哈哈哈～～」豪爽的笑聲在薄暮的淡水海邊迴盪，麗晴無奈的睇了這個舊情人一眼，「有什麼好笑的？我一定是瘋了，才願意跟你來冬天的海邊喝西北風。」

「妳呀……」書彥敞開大衣，將兩個人一起裹著，「……妳和慕南感情真好，好到願意替她把流言背在身上。」

「那是意外，好不好？」麗晴啼笑皆非，只露出一雙眼睛，「還有誰比你了解我們的恩怨？不要忘了，為了你，我們兩個人多少年沒講話。」

「真是為了我？」書彥含笑，「妳當真以為慕南喜歡我？」

「你這樣講，對她不公平。」

「她喜歡我，只因為妳喜歡我。」抱著她的腰，「慕南……應該說，她從來沒有喜歡過任何男人。她的能力這麼強，容貌這麼美，心靈卻像高中女生一樣——不喜歡男人的高中女生。都三十好幾了，情竇未開呢。」

麗晴隱隱的笑渦在夜裡閃爍，「不愧是娶過三任老婆的總經理。」

不理她的挖苦，書彥嗅嗅她的頭髮，「男人對慕南來說，只是需求。她重視友情勝過愛情，恐怕她還沒真的愛過任何人。」深深吸一口涼冽的空氣，「她可愛在這種無垢的心。與其說她愛我，不如說跟妳一起爭取某樣事物讓她樂此不疲。」

一起注視著水波蕩漾的海浪，「你知道我愛你？」麗晴往後靠了靠。

「那個時候，妳愛我。我知道。我分得出來。」他溫柔的吻吻麗晴的鬢邊。

和慕南吵架，爭著要跟書彥吃飯工作。那時的書彥臉上還有著清新的俊秀，和容易臉紅的羞澀。

時光如水紋般一波波蕩漾，吻岸的浪雖相似，卻永遠不是相同的浪。人生百轉千迴，即使相擁，也非少年時。

「她是喜歡妳的，麗晴。」擁緊些，「妳也非常喜歡她。妳們兩個人，像是鏡影一般——妳舉左手，她就舉右手。看起來像是完全不同邊，卻也互相模仿暗羨。從某個角度來說，我愛過妳，也愛過她。」他溫柔的注視著麗晴的眼睛，「因為，她是妳的鏡影。」

麗晴微微笑笑，「……我要把這段台詞告訴淑真，叫她寫進小說裡賣錢。」

「妳啊……浪漫細胞死完了嗎？」拍拍她的頭，「吃飯去吧，都八點多了。」

「……為什麼要退婚呢？」麗晴抱著他的手臂，有點困惑，「書彥，你年紀也不小了，一直重複這種結婚離婚的把戲，很快就要從婚姻市場上退貨了。」

「我老啦，要一直伺候大小姐覺得力不從心。」他乾脆把大衣披在麗晴身上，「反正我還有妳呀。虛位以待，如何？」

「我不要。」她呵出一口白氣，「不嫁給你，才可以和你永遠在一起。不愛你，你才不會逃。」她溫軟的靠在他的肩膀上，「我覺得，慕南是對的。只要不愛上誰，大家都會在，什麼都不會失去。」

梭巡著她的臉，書彥的笑容有點苦澀，「……都是我的錯吧？」

她搖搖頭，「誰的錯都不是。」她把大衣穿上，跑出好幾步，「我最喜歡你了！」她甜甜的笑，彷彿回到少女時光。

應該覺得很開心才對……心底卻有絲歉疚和辛酸。

「來吧，我們去……」麗晴的手機響了，她歉意的一笑，「喂？……妳別急呀，慕南……好好講，出事？語無倫次的……是不是采薇？是嗎？……我馬上來！」

收了線，她突然覺得有點發冷。「總經理，對不起，不能陪你吃飯了，」她勉強露出笑，「本來要跟你談談人事的問題……對不起……」她慌著脫大衣，書彥按住她的手，「不要脫了，要去慕南那兒？」

她點點頭，快步慌亂的前行，緊張讓她小跑了起來。

「不要慌！」書彥追過來，「我今天開車，忘了嗎？我載妳過去。」她的手都涼了，向來不慌不忙的麗晴，也有這麼慌張的時候。「來，上車吧。」在車上，她心不在焉的緊握雙手，指節發白。書彥按住她的手，讓她稍稍鬆了口氣。

「慕南……好像哭了。」她艱難的開口，「采薇似乎出了點事情。」

「那，還真的得快點了。」他一踩油門，車子宛如砲彈般飛出去。

「會照相的！」麗晴被安全帶勒得一窒。

「那就照吧。」書彥有些稚氣的笑，「為了麗晴照幾張罰單，有什麼關係？」

麗晴笑了起來，沒想到這個時時刻刻需要戀愛滋潤的男人，在短暫的空窗期，連老情人都好。

實在沒辦法恨這個花花公子。他的三任妻子和無數的無緣未婚妻，都拿他沒辦法吧？

「到了。」他漂亮的甩尾，穩穩的停在慕南家門口。

「謝謝。」她想把大衣脫下，「不要脫。」他溫柔的眼睛在黑暗中閃爍，「我在這裡等妳。」

「你可以上來等。」匆匆下了決定，「慕南不會說什麼，采薇也……」

「雖然見過幾次面，我還記得鍾采薇像洋娃娃一樣漂亮。」他端詳著麗晴，「……我不想失去妳，也不想傷害妳的朋友。尤其是妳這麼喜愛保護的朋友。」

這下子，她的喉頭居然湧上了一點點酸楚。

「如果太久，就不要等了。」對他笑笑。

「我會等的。」他揮揮手。

望了他一眼，又匆匆衝進電梯。

才按了一下鈴，慕南幾乎是用衝的衝出來。「到底發生什麼事情？」她驚慌又焦慮。

「采薇把自己鎖在房間裡，不停的哭，叫她也不開門。」慕南抓著她，「我好怕！」

安撫的拍拍她的手，「今天她外出了嗎？」

「有啊！」慕南引她進來，「美其兒駐台灣分公司的副理請她參加年會，不到八點就衝回來，然後關著門開始哭。」

「采薇？」她敲門，腦海搜索著采薇單純的生活歷程，「采薇，妳今天……是不是遇到林隆祺？」

慕南驚異的看著她，「怎麼可能……」林隆祺那王八羔子跟玩具界沒有關係呀！

門卻在這個時候開了，采薇蒼白著臉，一雙眼睛腫得幾乎睜不開，「麗晴……麗晴……」她撲到麗晴懷裡大哭，「……我……我以為我什麼都忘記，什麼都原諒了，沒想到……沒想到……我現在光看到他幸福的樣子，我就恨不得殺了他！我的心好可怕！好黑暗！」

除了那個無良前夫，采薇還會去恨誰？

「這很正常的。」撫了撫采薇柔軟的長髮，「妳並不是天使，只是個普通的女孩子。會恨不得宰了讓妳傷心這麼多年的傢伙，應該的。」

「沒錯。」慕南的臉猙獰可怕，「我馬上去宰了那個王八蛋！」

「慕南～」采薇焦急的喊她。

「不要管她啦。她知道林隆祺住哪？」

慕南衝出去沒多久，又衝了進來，「那王八蛋住哪？」

要不是氣氛這麼凝重，她真的會笑出來。

蜷縮在她的懷裡，采薇斷斷續續的說，「……我……我真的恨不得殺死他！一切都是假的……山盟海誓是假的，信誓旦旦是假的……他把我的學費花掉，讓我天天在家裡煮飯燒菜洗衣服，還嫌我不事生產……要我去打工給他花費！他沒勇氣跟父親要錢，在家裡這樣糟蹋我……什麼我都能忍……但是……他又愛上別人……愛上聰明能幹上得了台面的女人……」

想到他的無情，腫得睜不開的眼睛幾乎流不出淚水，「因為我只是個洋娃娃！只會燒飯煮菜的洋娃娃！啊——」

麗晴止住慕南，不讓她說勸慰的話。她也知道該讓她發洩，不知道為什麼心一酸，擁著采薇，也跟著哭起來。

「對不起……慕南……我什麼都不敢說……我怕妳傷心……」采薇抽泣著，「我好討厭自己……為什麼我這麼沒有用？我連上前打他一個耳光……不，我連上前跟他打招呼的勇氣都沒有，看到他像是看到鬼，拚命跑回來！我是個沒有用的女人，我沒有用……我拖累妳，我拖累大家……」

「夠了。」麗晴冷冷的說，「妳儘量罵那男人沒關係，妳罵我朋友，」用力搖了采薇兩下，「我可不饒妳！」

采薇眨了眨眼睛，才搞清楚她的意思。「麗晴……」突然有哭笑不得的感覺。

「別胡扯了。妳是個很棒的公主。擅長理家愛小孩的公主。妳有雙巧手天下無雙，可以做出最美麗的娃娃。」麗晴笑笑，把她的頭髮撥旁邊，「當然，我不能代妳思考。妳的難題還是要妳自己去解決。妳又不一定要面對他。但是面對他，妳才能澈底從過去的惡夢清醒。這都要靠妳自己決定，我或慕南，不能幫妳什麼。」她扯住還在哭的慕南，「但是，妳想哭的時候，我們的懷抱都會借妳的。晚安。」

一把拉走慕南，留采薇一個人在房裡發呆。

「妳做什麼？妳做什麼！」慕南把手一甩，「怎麼可以放她一個人……」

「妳又不是她媽，她總得長大吧？」麗晴一叉手，「她的問題她要自己解決，不過……妳打算這樣放過林隆祺？他當初怎麼對我們發誓來著？」陰森森的冷笑起來。

「不棄不離，寶愛一生。」慕南咬牙切齒。

「我討厭不守信的男人。」她的臉色陰沉，卻美豔得讓人覺得恐怖，「我不是為了采薇，是為了自己。」

「妳打算怎麼做？」慕南知道她的鬼主意最多。

她不答腔，妖豔的面容在黑暗裡分外鮮明，「女人的復仇是很恐怖的，林隆祺。」

*　　*　　*

「林隆祺……是個怎樣的人？」坐在總經理的車上，開著車窗，剛才慌張的時候，平光眼鏡不知道扔到哪去，失去眼鏡的遮蔽，她燃燒的瞳孔更閃亮。

這樣是很美……美得讓人有點心寒。「林隆祺？貿易林家？如果你問的是那個老三林隆祺，我倒是有點頭之交。為什麼突然問他？」

「先不要管，」她死氣沉沉的樣子全拋到九霄雲外，生氣蓬勃的有點可怕，「林家不是搞成衣貿易的？怎麼會對玩具有興趣？我沒聽說過林家曾經對玩具有過任何動作。」

所以說，她裝得萬事不關心，還不是默默的蒐集資料？「林家沒有，林隆祺不見得沒有。他的妻子黃瑾，是黃老的掌上明珠。」

「玩具王國黃家？」果然不是小康的采薇能比得上的家世。「林家怎會讓自己的兒子替別人家效力？」除非是非常無能，無能到不能期待。

雖然不知道她的敵意哪裡來的，書彥笑了笑，「不是這樣的。每個人個性不同。有人適合開創，有人適合守成。林家三個兒子，林隆祺是老么。上面兩個攻城掠地，真將才也。相形之下，這個謹慎保守的么兒就不這麼適合。不過，他妻家玩具王國已經穩固，恰恰適合他這樣守成的人。說起來，黃老對這個孫女婿是很欣賞的。」

不是笨蛋，也好。要不然，耍起來怎麼會有樂趣？

「交遊關係呢？他有幾個女朋友？」

「他已經結婚……」麗晴似笑非笑的看著他，「唔，別這樣看著我，會害我開進山溝裡的……誰沒有幾個情人呢？他有幾個女人，」念出一串名單，幾乎都是豔星級人物，「不過，他畢竟在黃家做事。凡事都得小心些。所以行蹤隱密，不過分的話，妻家也不追究。」

「你對個點頭之交這麼了解……」麗晴輕輕依著書彥，「老實告訴我，是不是美意也準備投入玩具市場？」

書彥笑而不答。

「書彥，我沒求過你什麼事情。」她交叉著手指滿面春風，「我只請求你，若是有關玩具的新部門成立，讓我暫代一陣子的總管。我保證會把這個部門整理得井井有條，甚至從美其兒挖來首席娃娃設計師給你。條件是……幫助我。」

「妳願意？妳願意替新部門草創？」書彥克制著自己，這些年，他和父親不停的明言暗示，麗晴總是一副提不起勁的樣子，即使只是短暫的時光，有她草創，加上美其兒的首席娃娃設計師……真是如虎添翼。不過她的請求，不會太簡單。

「幫助？什麼事情？」他謹慎的問。

麗晴附耳小聲的說了幾句。

「什麼?!」他的車子幾乎蛇行了起來，好不容易穩住了方向盤，「麗晴?!這是詐欺！」

「你只要笑而不答就可以了。」麗晴沒被蛇行嚇到，反而笑得很暢懷，「他不是喜歡豔麗的女人麼？我想，我和慕南都搆得上他的標準。」自信滿滿的挺起胸膛。
「如果他相信了不實流言，與你無關。是他的愚蠢摧毀了他，不是你的問題。」
「妳打算……」他真不敢相信……幸好麗晴對他向來寬大，沒打算報復過他的負心。
「我不會傷害美意的商譽。」她媚然的笑笑，「我想對付的，只有林隆祺一個人而已。」
「……他做了什麼？」書彥小心翼翼的問，「倒了妳會錢？」
「倒會錢我會直接去告他，」她冷笑，霜冷的讓書彥打寒顫，「……他要娶采薇的時候，對我和慕南發過誓，『不棄不離，寶愛一生』。不到一年，就拋棄了采薇。我最討厭不守信的男人了。」
書彥宛如聽到脖子折斷的聲音，不禁揩了揩額上的冷汗。
林老兄，你保重，保重……誰讓你不是美少年呢？要不然，可能還有被赦免的機會……
這個冬夜，似乎特別的冷……

＊　　＊　　＊

「老闆～」升為代部長的淑真一點高興的樣子也沒有，「妳要去管啥勞子的玩具部門……」聲音慢慢的變小，嘴巴變成O型。

土里土氣的老闆一變妖豔到會噴火，比之前的冶豔有過之而無不及。最恐怖的是滿身洶湧的鬥氣，逼得人眼睛睜不開。

「吵什麼吵?!讓妳升職還嫌不好？」來了，惡女麗晴式的不耐煩，她用高跟鞋打著性急的拍子，「又不是永遠不回來！有事情喊一聲，不要芝麻綠豆大的事情都煩我！好了，好自為之，不要搞砸了一堆，讓我回家拚死命收爛攤子！」一陣旋風似的出去。

「老闆……」淑真哭喪著臉，和部屬抱頭痛哭，「妳怎麼去得這麼快？出納和人事就我們三個管哪～～」

「我還沒死，不用這麼早哭孝女白瓊好不好？」麗晴猛開門，「我已經調了三個人手過來，妳自己看著辦……」匡的一聲又關上門。

「老闆～～～」淑真悽楚的伸出手，「妳一個人抵十個，三個有什麼用啊～趕緊回來呀～」

好不容易擺脫了哭哭啼啼的部屬，又被慕南拖住，「妳真的跑去接玩具部門？」她上下打量了麗晴一下，「妳腦筋燒壞沒？妳沒半點這方面的經驗欸！妳不會以為會打扮就行了吧？這是好幾十億的投資欸！搞個不好，妳的下半輩子就玩完了！」

「慕南『妹妹』，」發現走廊上的人裝得很忙，卻豎尖耳朵聽她們交談，「放心，我不會讓妳和我們的生父失望……啊……我怎麼說出來……」她掩住口，無限懊惱的。

「誰是妳妹妹！」慕南全身起雞皮疙瘩，握拳大吼。

真是……真是非常眩目驚人的對峙……她們倆還真長得很相似……

「恭喜呀，麗晴姐，」渴求八卦使人勇於面對噴火的火龍，雖然是這樣豔麗的火龍，「您成了新部門的部長……董事長真是慧眼獨具……」不會是真的吧？不會吧？難道是因為「血親」的理由……董事長才阻止總經理和沈麗晴的戀情……

「只能說，董事長用心良苦，」她淒然一笑，萬分嫵媚，「我不會辜負爸……呃，董事長的苦心的。」

「……麗晴姐，」女同事壓抑滿心的興奮，「妳……妳是什麼時候知道的？」

「前幾天。」她輕輕喟嘆一聲，「之前母親什麼也不告訴我……」她能告訴我什麼？麗晴在心裡暗笑。

「慕南，妳加油吧。不為自己，也該為美意。將來妳會懂的。」她快步離開現場，怕一個撐不住，就會爆笑出來。

「她在說什麼？」慕南滿臉的疑惑。

不用太久，她就知道了。

「沈麗晴！妳給我滾出來！」她怒吼著打開新部門的大門，靠近大門的人害怕被灼傷，紛紛走避。「誰告訴妳董事長是『我們』的生父！」

在場的人都驚噫了一聲。

「沒那回事！」麗晴喝住她，一把將她拽到部長辦公室，低聲卻人人都聽得見，「這種事情怎麼可以……妳不要害……妳喔……」

大門一關上，明明知道偷聽不見，新部屬一起衝向門口試著聽點蛛絲馬跡，還有人把茶杯拿出來貼在門上。

「明明沒有那種事情！」慕南甩開她，「妳在搞什麼鬼?!」

「我說過，女人的復仇是很可怕的。」她微微笑，鬥志高昂，「妳，想不想給林隆祺點教訓？」

「我想。」她愣愣的回答，不對，「喂！董事長這種謠言跟林隆祺有個屁關係……」

麗晴拉她耳語了幾句，她越聽臉越扭曲，張大嘴看著她。

「總經理會拆穿妳的！」這個瘋子這麼多年都沒痊癒嗎？

「總經理答應幫我了。」她閒閒的整理頭髮。

「……董事長也不會坐視不管的！」天啊～為什麼要跟她扯上關係？這下子恐怕連工作都要丟了！

「董事長聽到我的計畫，大笑得幾乎血壓升高。」她輕輕伸伸舌頭，「他要我放手去幹。說，不給前妻贍養費把人趕出去的男人，不用客氣。」

美意總公司怎麼盡出這種瘋子?!這麼多年沒倒，真是奇蹟！

望著瞠目結舌的慕南，「如何？要不要加入我的計畫？新部門很需要海外事業部的情報力喔！」她一拍桌子，豔笑，「殺了他？太便宜了。我才不想為了那種爛男人坐牢。我要他回到原點，回到沒有采薇沒有一切的原點。事業、婚姻，一切的一切。他可以回到林家當米蟲。林家養出這種敗類，就得想辦法負責他的未來！」

她描繪精緻的媚眼一橫，「我說過，女人的復仇是很恐怖的！」

怎麼這麼女王蜂的台詞呀……慕南無力的垂下雙肩。

但是想到消瘦而絕望的采薇……「我該怎麼做？」她抬起頭，堅毅的。

宛如鏡影的兩個女戰神攜手……有什麼做不到的？

「先拿下黃家的半壁江山。」麗晴微微一笑。

第四章

一個月後，麗晴看看傳真，頰上的笑渦隱約，拿起內線，「慕南，有妳的，真的從黃氏的手底搶到美其兒的代理權？告訴我，妳用什麼方法讓老美點頭的？」

「又不是不認識，」她那兒正兵荒馬亂，不過聽到好消息，她也抿唇一笑，「采薇是他們的首席娃娃設計師，她畏羞，我跟美其兒打了好些年交道啦，管代理權的金髮小兒要跟我約會無數次，我一次也沒答應……也不過是關鍵時刻，答應他來台北的時候，跟他約會罷了。」

「原來是色誘呀，」麗晴笑開了，「女人的最佳武器喔！」

「光色誘有什麼用。」慕南正色，「要不是妳帶玩具部門和企劃課不眠不休的拿出更誘人的營運計畫和企劃書，加上美意這塊老招牌，美其兒那些老狐狸精似鬼，哄得住他們？我也不過帶著資料去做了兩場簡報，色誘只不過是加分，什麼了不起？」

「沒有妳部內精準的情報，我們肝腦塗在企劃書上有用嗎？再說，不是妳出馬，能夠這麼順利？再加上正好是代理權到期……天時、地利、人和，我們全占盡了。」麗晴豔豔的笑，連旁邊的祕書都看呆了。

「接下來，是日本？」慕南翻著部屬送上來的資料，沒發現下屬正對著她光麗的戰容流口水。

「是。對付光談社不比美其兒，這是一場硬仗。我們不占天時地利，要靠人和。一切都拜託妳了。」

「交給我就對了！」她掛上電話，「光談社的資料呢？趕緊傳過來。」

＊　＊　＊

將傳真給董事長，總經理志得意滿的笑著。

「若是她們一直這樣攜手合作就好了。」不禁嘆息，「不要說拿下黃家半壁江山，就算要拿到天下，也不是什麼難事。」偏偏是為了啥勞子「女性復仇記」才這樣戰志昂揚，實在有點沒力。

看完了傳真，董事長高興的容光煥發，「我早就知道麗晴厲害，沒想到加個慕南……經濟不景氣跟我有什麼關係！」想到麗晴的鬼主意，他笑得更開懷，「唉，這兩個若真是我私生女兒就好了……」

「爸爸！」總經理瞪他。

輕輕咳了一聲，「……總之，讓她們放手去做吧。還有大陸設廠或合作的事情也趕緊去辦。我們在大陸跌跤的方便麵，就靠這個方案起死回生了！」

看他俊俏的兒子出去，老董事長不禁沉思。唉，當初不該把他們倆拆散的。要不然……麗晴早成了美意第一搖錢樹，而不是美意第一惡女……要不是「復仇」，她那種規規矩矩的樣子，真是讓他全身不對勁……

說不定還來得及。

老董事長露出奸險的笑。

* * *

「真的要這麼做嗎？」到了宴會門口，書彥還試著勸服麗晴，「這樣見面，實在太不自然了……」

「我怕我會掐死他，怎麼辦？」慕南拚命深呼吸。

「囉唆！」一年一度的左輪會，當然要藉機跟這禽獸見面，「這是將你的『妹妹們』介紹給所有人知道的最好時機！」她的眼睛興奮的閃閃，「這幾個月埋頭苦幹就為了這天，你敢跑回去，我再也不理你了。」

「我不想當妳的哥哥！」他的頭都痛了，「我想要……」

「閉嘴！」麗晴瞥見慕南氣勢洶洶的補妝，「妳在幹嘛？」

「我在做戰鬥準備！」她一挺胸膛，「這是戰妝！」

沒錯！豔麗的妝是為了激發戰鬥本能，華麗性感的禮服就是盔甲。兩個人氣勢非凡的站在宴會門口，鬥氣讓旁邊的人幾乎瞎掉。

女人的復仇……真的好恐怖……

書彥不禁吞了口口水。

「我們……」他有點結巴，「我們進去吧！」

三個人一進去，馬上抓住所有人的目光。英挺富魅力的美意總經理，冷若冰霜豔賽桃李的海外事業部經理，和清麗妖冶火熱微笑的玩具部部長，再加上傳出美意，幾乎在各大公司流傳的流言……

果然美意的董事長準備讓這兩個私生女兒認祖歸宗了！

麗晴眼波流轉，正好看到林隆祺。她綻出最美的笑容，望著他無知的談笑。

在我走向你之前……好好享受吧。她不忙著走過去，只是遠遠淡淡的對他一笑。那呆子像是被電了一下。發現冰霜似的慕南也「熱情」的凝視他，心頭跳得更快。

麗晴抿了口香檳，笑靨更深。

「哪，林隆祺旁邊那個就是他老婆吧？」他們三個人一起品嘗著香檳，「還不錯。」

「不比我漂亮。能力肯定沒我好。」慕南冷冰冰的望著。

「自己說自己漂亮有什麼用？」麗晴轉頭對著總經理勾人的笑，「總經理，你留戀花叢這麼久，評分一下。」

「唔，氣質度，八十九。美豔度，八十。魅惑度，七十。輪廓，九十五。身材，八十三。總平均八十三點四分。」

「我們呢？」麗晴拋了個媚眼。

「氣質度，八十五。美豔度，九十九。輪廓，八十九。身材，九十。魅惑度……」他微微一笑，「破表。總平均，破表。」

兩個人表情不同，卻相同的挺了挺胸膛，驕傲的。

「不會是為了讓我們開心才放水的吧？」慕南挑釁著。

「我相信花花公子專家的眼光。」麗晴微偏著頭，「破表。我喜歡。」

「這個就是……」禿頭的阿伯眼睛一亮，「就是美意最出風頭的『姐妹花』呀～」一大群叔叔伯伯都圍了上來，嘖嘖嘖，像是一雙水蔥兒似的，老媽應該也不同凡響……美意這個老狐狸真是太讓人羨慕……不不不，太不知廉恥了！

總經理僵著臉苦笑，「容我向各位介紹一下，這位是敝公司海外事業部經理，周慕南。這位是剛成立的玩具部部長，沈麗晴。」

咦?!連母親都不一樣?!這個死老頭……真是……真是太過分了！

陳董趁著雙姝被包圍的時候，悄悄拉了拉總經理，「書彥，你老實說，這兩個到底是不是你的異母妹妹？」

這叫他怎麼回答？「長輩的事情，我們晚輩不該在背後議論。」

這種說了等於沒說的答案，更肯定了陳董的猜測，「那，她們倆個差你幾歲？」

應該同年吧？「我是一月生的，慕南十月，麗晴應該是十一月吧？」

太厲害了……不是不是，真是太差勁了～趁老婆坐月子的時候……不可饒恕的男人！

「她們都是從母姓吧？」陳董激動的拉住總經理，「是不是？是不是？我說你爸爸實在太不負責任了，就算是……嗐，也該好好安頓自己的小孩啊～」

誤會啊～沒那回事情～「……她們都是跟著『爸爸』姓的……」

……人妻?!這個男人……唔～真好……不是不是，會遭天打雷劈的！

那個死老狐狸～～太厲害，太讓人羨慕了～陳董心裡不住的吶喊。

「哥……」麗晴輕輕掩了口，「總經理，我們也該去跟會長認識一下吧？」給點時間讓這些歐吉桑傳八卦嘛。

他勉強維持有風度的笑容，低低的說，「我爸會被妳害死。」

「會嗎？」麗晴牽牽嘴角，「我看是被羨慕死。」

快到會長那兒的時候，她瞥見林隆祺落單了。麗晴拉了拉總經理的袖子，「書彥，你帶慕南先過去。」

「妳想幹嘛？」總經理喉頭一緊，雖然不是那個男人，卻覺得像是自己被盯上。

「色誘。」她將他們一推，「快去。等我好了，慕南，等等換妳上。」

「我會儘量克制……克制自己的拳頭。」很有氣勢的將總經理一拽，「走吧，『哥哥』。」

麗晴，妳手下要留情呀！兔死狐悲，這真是兔死狐悲……

林隆祺正覺得無聊，剛好看到那個豔裝美女落單了，心頭一喜，走了過去，「小姐……

一個人？」

你沒長眼睛看？麗晴將頭髮一撥，「您是……黃氏的林經理？」眼波輕輕流轉，又垂下眼簾。

「妳是美意的部長吧？」聽了一個晚上的流言，她一進來，就和自己眼光相對，到現在心口還發燙著，「怎麼……」他看見書彥領著另一個美女去見會長，「怎麼護花使者不在旁邊？」

「……我血糖低，得找點果汁喝一下，要不然有點頭暈……」身子微微一偏，不待倒在他的身上已經扶住桌子，「哎呀……真是失禮。」

「哪裡！」他快手快腳的倒了杯果汁給她，「請用。我姓林，林隆祺。」

每天拿來射飛鏢的標靶，你覺得我認不認得？「我是沈麗晴。」她伸出手，跟他握了握。不知道是不是錯覺，他都鬆開了手，麗晴像是留戀一樣停了一秒才鬆手。

「早就聽說沈小姐的大名了。」他興奮的心都飛了。

「大名？還是豔名？」她無限寂寥的垂下眼睛，「我也知道外面傳言甚多，也不否認的確交往過不少人。」她美麗的眼睛湧上霧光，「誰相信呢？我只是希冀能夠找到真心契合的那個人，只好不斷尋尋覓覓。」她微微一笑，豔容帶愁，「就算被叫成花花女郎，我也只好奮不顧身了。」

幸好昨夜跟淑真要的那堆愛情小說有用，看！多完美的台詞！

看這個笨蛋被迷得昏暈暈的，「沈小姐！我相信。我相信……那個人一定也在人海中等待妳！」

……他看得該不會是同一堆小說吧？

「你真親切。」她淡淡的嘆口氣，「對敵人的我也這麼好……」秀眉微顰，「我們搶走了美其兒的代理權……你還對我這樣……」

「商場如戰場。」他心口微微發熱，「這不是妳的責任。」

「但是……」她微掩著口，「但是，我……一定害你的立場很艱難吧？」

想起妻家和妻子怒罵猙獰的嘴臉，眼前這位豔麗的美女，是多麼的柔情萬種！

「……如果敵人是妳……我甘願。」他撥了撥頭髮。

「但是我……我並不希望……我不想和你為敵。」她眼底霧氣更盛，柔軟塗滿了蔻丹的白嫩小手輕按著他拿著酒杯的手，「……你辛苦了。」

這樣豔麗魅惑的美女是為自己心疼嗎？他怔怔的看著她，「……我覺得，今天並不是第一次見面。好像好久好久以前，我們就認識了……」

笨蛋！大學時你見過我無數次！果然男人凋零起來，不但容貌完蛋，連大腦也完蛋！

她趕緊挪開自己的手。「……對不起。」她豔笑，有些含羞，「我該去找哥……總經理了。」

「麗晴……」他戀戀不捨的伸手。

「嗯？」微偏著頭。

「我對妳……我有機會請妳吃飯嗎？」

她似乎要答應，又搖了搖頭。「你不是一直盯著慕南看？如果你喜歡慕南，我可以幫你問問。」她微嘟著嘴，又瞋又喜的轉頭就走。

她吃醋？這一定是命定的相遇！

不理那頭飄小心小花愛心符號的蠢蛋，麗晴走了過來，「換手！」

「欸!?這麼快？我還沒有心理準備！」慕南慌了，她還沒有把握不一拳打脫他的下巴。

「再不快點，可能換我一拳打黑他的眼圈。」麗晴很老實，「反正他應該心頭小鹿亂撞了，換妳了，上！」

雖然萬般不願，為了采薇……她兩拳互擊，「……拚了！」

麗晴遮住眼睛，「她到底是去勾引男人，還是拳擊賽呀？」總經理的臉已經黑了一半。

還沒到林隆祺那兒，已經被一堆垂涎的男人包圍了。阿諛奉承的讓人噁心巴拉，看著這群冷臉也趕不走的厚臉皮「青年才俊」……難怪麗晴只喜歡羞澀臉紅的美少年！

「不好意思，借過。」她冷著臉排開人群。

「周小姐要去哪？我陪妳去……」這種橡皮糖似的男人……

「女子化妝室。」她綻放著冰冷的豔容。

真冷……卻充滿另外一種讓人受不了的魅力！

甩開那群發花痴的男人，她走到女子化妝室……外面的吸菸區抽菸。

「嗨！」標靶居然對她微笑！「抽菸？」

廢話！要不然我在抽打火機嗎？「嗯。」她將額頭的頭髮往後撩，「女人不能抽菸？」

「不。」他擺出最酷的姿勢，「如果是妳的話。」

這種台詞他也說得出來?!她忍不住嘴角抽筋，微微的抽搐幾下。

「我是黃氏的林隆祺。」他先伸出手。

「周慕南。」像是被燙到一樣飛快的碰碰手指，連跟這傢伙握手都噁心，要怎麼勾引他？她思考著，同時也注視著他。

又來了！又是那種「犀利熱情」的視線……難道冷若冰霜的外表，內蘊著火山熔漿似的心？一定不會錯的……

如果說，柔情似水的麗晴是馥郁豔麗的牡丹，冰心又火熱的慕南就像寒冬綻放的緋梅……

讓這樣美麗的姊妹花都愛上我……身為男人的我，真是罪過。

發什麼呆？慕南強忍著轉身就走的衝動，「不好意思，搶了你們的生意。」要怎麼勾引？看到就想打！

「如果是死在妳的手裡，我絕對是願意的。」他專注凶猛的注視她的眼睛。

那是早晚的事情。她按了按手臂，告訴自己千萬不能輕舉妄動……但是也已經到了極限了……

「很高興認識你。」她的臉森冷得可以凍僵人，狠狠瞪他一眼，如果可以，她不只想讓他下巴脫臼而已，「再見。」

又是這種「熱情」的眼光。「慕南……」

偷偷握拳，光聽到聲音就不舒服，要怎麼勾引他?!「什麼事？」

「我覺得……覺得好久以前就認識妳了。」含情脈脈的望著她的背影。

大學就認識啦！豬頭！記憶力衰退到這種地步，你是不是得了帕金森症啊？

「我也這麼覺得。」冷冷的一笑。

「有機會再見到妳嗎？」

我放棄！我放棄！叫我跟這頭豬再見面，讓我死了算了！「……我相信你會比較喜歡麗晴。我會轉告她的。」她連頭也沒回，揮了揮手就當回答。

她也……她也吃醋了嗎？啊啊～我是罪人……讓姊妹為我鬩牆的罪人……他的眼睛爆出星光，但是，我是這樣幸福的罪人……

＊　＊　＊

「什麼？他想通吃呀？」第二天兩個人在麗晴的辦公室發軟，「妳也接到電話?!」異口同聲的。

「我不想去。」慕南癱在沙發上，「老天……大學時還人模人樣，怎麼……不是才大我們一歲嗎？為什麼髮線後退那麼多，開始出現雙下巴？」

「……酒色過度吧？看他下垂的眼角就知道了。」麗晴無力的幾乎溜到桌子底下，「……不是髮線後退而已。從後面看，已經草木稀疏了。」

「……陳董也是光明頂，為什麼我覺得他還滿可愛的？」與其和那豬頭，不如和陳董吃飯。吃得開心，生意也做到了。

「眼神不正吧。」麗晴繼續癱著，「突然覺得當初愛上書彥真是太好了。」

「想當花花公子就得努力點吧。」慕南下了結論。

「光明頂怎麼努力？」

「氣質可以啊！自知之明加睿智，男人都可以很有魅力啊！」

麗晴淡淡的嘆口氣。「還是去約會吧。只要我們兩個當中有一個把他迷暈了就行了。」

事實證明，他兩個都要。大概或然率比較高吧？

不過被他握著手，深情款款的說，「我的妻子不了解我。」實在有點沒力。

她不露痕跡的將手縮回來，「這麼急著找我吃飯……有什麼事情？」她溫柔的一笑，纖長的素手輕輕撫平餐巾。

「呃……」收斂心神，真是的，今天是用「公事」的理由才能光明正大的約她出來，

「……我想和妳一起工作。」

她美麗的眼睛眨了眨，靜靜等他說話。

這樣妖豔的女人卻柔情似水，和家裡那個氣急敗壞的婆娘真是差太多了！

「要不要來黃氏？」他擺出最有魅力的姿態，「如果妳來黃氏，我願意用美意兩倍的薪資和相同的職銜給妳。」

她顰眉一會兒，搖搖頭。

「薪資還可以商量。配股？」

麗晴笑了，「黃氏持股保守，不上市也不外流。這麼重大的決定……你得先問問尊夫人……」她垂下眼簾，又展眼，「美意就不一樣了。配股，我可以作主。」嬌媚天真的對他一笑，「反過來說，林先生……您要不要來美意？我可以把我的職位讓給你。條件就如同你要給我的條件。」

沒想到被反挖角，他愣了一下。「……恐怕……」皺眉起來，「恐怕我要謝絕妳的好意……我還有牽絆在。」美意對持股比黃氏更保守封閉，她竟然可以作主？看這兩姊妹備受重用，私生女兒的流言恐非謠傳。

「我也有無法切斷的牽絆。」麗晴輕輕的嘆口氣，「我這一生，準備奉獻給美意了。」眉間帶愁，讓人看了好生不捨。「只是……您是玩具界的前輩，一定能給我們這新興的後進許多幫助……而我……我真的很希望跟您一起……一起工作。」大眼睛湧起了祈求，讓他無法抗拒。

「我們……」他衝動的抓住麗晴的手，「我們彼此都考慮考慮，如何？」

「林先生，不要這樣……」嘴裡抗拒，手卻沒有動作，「這裡是公共場合……人言可畏……」

他握了好一會兒，才戀戀不捨的放手。「……對不起。」

麗晴含笑帶羞，「沒關係。」眉眼梢頭都帶著喜意。

熬過這一關，我應該走演藝圈才對，只是老了點。麗晴暗暗的想。

「那……」她含情脈脈的回望一眼，「我等你的好消息。」戀戀的起身，「我知道這需要多多考慮……或許，我們下回再談？」

這是預定下回的約會嗎？按捺住突快的心跳，「當然，我很期待。」

等走出好幾步，麗晴鬆懈下來。卻露出狡詐冰冷的笑意。

第五章

第二天，換慕南跟林隆祺約會，麗晴藉口加班，不大放心的等著。直到慕南鬱鬱的走進來，呻吟的倒在沙發上，她才放心了一點點。

「沒打脫他的下巴吧？」擔心了一整晚呢。

「沒有。」慕南沒好氣，「我很克制……我很克制，我已經很克制了！」她以手加額，「老天，我只能說，這傢伙凍不死。擺了一張臭臉想冰死他，他還是一臉花痴相。」厭惡的。

麗晴幫她倒了杯開水。

「你知道他怎樣？他居然想挖角欸！神經病……」

「妳怎麼說？」

「我說，我不可能去，不過他要不要來美意？」她做出掐斷脖子的姿勢，「我一定會把他整得求生不得求死不能！」

麗晴大笑了起來，把昨夜的情形告訴她。

「喔……我的媽……」慕南沒力的笑起來，「是不是我年紀大了？我開始覺得小孩子可愛。比這些青年才俊可愛太多了！」

麗晴搖搖頭，「給妳看一下，采薇替公司做的創業作！中國娃娃草圖……」兩個人喜孜孜的擠在一起看，「建議用她本人作模特兒真是太好了。」慕南笑咪咪的，「好可愛喔～」

「回家記得幫我盯一下進度。」麗晴也癱軟在沙發上，「幸好需要復仇的男人不多，每個都這樣搞，真的會累死。我都沒空去看采薇。」

同時長嘆一聲。

「安啦，采薇恢復的很好。她在工作的時候，總是非常高興。她還設計了百花娃娃，第一期要推出十二花神喔！」想到那些可愛的衣服……啊～「若是穿在采薇身上一定更可愛！」

麗晴抬起頭，「為什麼不行？」

「欸？」

附耳在慕南耳邊細語，「采薇肯嗎？」慕南瞪大眼睛，「她那麼怕羞……」

「妳跟她要求，她一定肯。」麗晴很有把握。

「但我不想勉強她。」慕南皺眉。

「慕南，妳不可能一輩子將她保護在羽翼之下。」麗晴嚴肅的舉起手指，「天有不測風雲……我不是咒妳。事實就是這樣。她需要走向人群，不能縮在自己的殼裡療傷。夠久了吧？將近六年的光陰呢！越保護她，會越讓她站不起來。剛好一次了結。過去的惡夢，未來的前途。」

「但是代言人……」

「還有比她更好的代言人嗎？」

想想她時光無法侵襲的嬌容，烏黑蜿蜒的長髮，溫柔單純的心靈……「是沒有。」

「那，采薇交給妳負責了。」麗晴邪惡的笑，「我還有我的事情要辦。」

* * *

「采薇？」輕輕叩門，「妳睡了嗎？」

聽到赤腳跑過來的聲音，她可愛的面容發光，「慕南！妳回來啦？餓不餓？我有準備宵夜喔。」

「等一下吃吧。」忍不住也溫暖的笑，「娃娃呢？我好想看！」采薇開心的拉她進來，石膏翻模好的娃娃已經繪好五官，頭髮也做好了，像是個具體而微的采薇。

「我連名字都想好了喔！」她的笑容有著母親的驕傲，「姓沈，叫慕薇。一個人出一個字，這是我們大家的女兒！」她開心的把寫在筆記簿上的名字給慕南看，「我正在幫她的衣服繡花，這是一月花神的衣服。」

「……真好。」不知道為什麼有點鼻酸，「采薇，這套衣服的設計圖給我好不好？我們要做代言人的衣服。」

「欸?!」她興奮極了，「真的嗎？會有真人版的慕薇嗎？太好了……妳們找到代言人了？」

「有合適的人選。希望她會答應。」

她仰頭開始想偶像明星，「誰呀？」

「鍾采薇。」

她一下子才了解她的意思，「我？我不行……」

「為什麼？這是妳的女兒呀。」

「我……」她的心揪緊在一起，「我不喜歡人多的地方，我一定會……我不敢，我不敢！」

「采薇！」她的語氣加重了點，「妳跟我同年，妳也三十二歲了！」

「我……我……」她心慌的揉縐了手上的衣服，「啊啊……妹妹的衣服……」趕緊找熨斗把繡到一半的娃娃衣服燙平。慕南沒有打擾她，讓她燙。

出去都沒有好事……出去就會遇到不想見的人……她心慌的燙了又燙，出去就會……

「要不要擺脫過去的惡夢，要看妳自己喔。」麗晴的話又在她心裡盤旋。

我不想擺脫嗎？我想的，我很想的。衣服縐了，燙平就是了。心呢？心碎了，永遠不會痊癒嗎？

偷偷回頭，慕南低著頭，非常難過的樣子。慕南一直很擔心我……很擔心我……我的心，真的是碎的嗎？

她把熨斗放好，鼓起勇氣，「……好。只是……我不會說話。」

慕南驚愕得抬頭，「真的嗎？不要勉強自己。」

一答應，突然覺得鬆了口氣，胸口的鬱結不見了，「嗯。我要帶我女兒一起亮相。」雖然還是有點害怕，「慕南要把我們照漂亮一點。」

「沒問題。」她笑了，「走吧，我突然覺得好餓……」

「今天宵夜妳一定喜歡吃的。我做了三明治喔！」

* * *

就在慕南和麗晴的忍耐力達到極限，約會也將近一個月以後，終於候到林夫人的約會。

妳不來我還不知道怎麼收山呢。「請她到會客室，我馬上去。」麗晴站了起來。

「我也……」慕南也跟著站起來。

「妳太直了。」麗晴向她眨眨眼，「這種事情，還是交給正牌惡女做才合適。」她一整衣領，充滿自信的說。

走入會客室，「黃小姐怎麼來了？」麗晴笑吟吟，「大駕光臨，蓬蓽生輝呢。」

「哪裡。早就要來打招呼了。」黃瑾展了展美麗精練的眼睛，「剛好為了明年國際玩具展的攤位，跟貴公司商議一下。」

兩個女人互相打量，心裡精細冷靜的評分。

這女人不好惹。彼此下了相同的評語，暗暗的戒備著。

簡潔的談完公事，「外子最近像是常來麻煩您和周經理？」她的笑仍然和煦，問題卻很犀利。

「是我們麻煩林經理。」她頗有禮貌的回答，「林經理是前輩，給了我們很多寶貴的意見。大家同樣立足台灣，未來有很大的合作空間，我該跟林經理好好學習的。」

「說得也是。外子也跟我提過想和兩位『合作』的事情。」她溫柔的一笑，「女人要在商場上行走，總是有些『流言』。外子似乎讓您困擾了，我實在很不好意思。」

來了。下馬威來了。

「商場無性別。我一直抱著這樣的態度做事。或許是我欠考慮，反而讓你們夫妻有了困擾。」她神情一斂，「我忽略了這點，的確是我不夠仔細，實在抱歉的很。」

這個月都跟同一個男人約會，還撇得這麼清，死狐狸精！黃瑾的心裡破口大罵，臉上還是一派溫和，「哪裡……沈小姐過慮了。沈小姐貴庚？還沒考慮結婚嗎？」

「快三十三了。」她也還她一個無害的微笑，「……美意對我有伯樂之恩。在美意我很愉快，也沒有另行發展的打算。」垂下眼簾，「再說，我也對目前單身的生活很滿意。」

「單身當然好，女人還是有家庭做屏障安心些……行動也不招人非議。」她端起茶杯喝了一口，「如果沈小姐願意，敝公司不少幹部都年輕有為，能不能讓我當個紅娘？」

「真是太感謝了……」麗晴還沒說完，黃瑾冷冷的一笑，「要不然，老是跟別的公司前輩『商談』，會壞了女孩子家的名聲。」

麗晴莫測高深的一笑，「一切都請黃小姐多費心了。」

送她走了以後，麗晴要很拚命才能忍住大笑的衝動。實話說，黃小姐，我對妳沒有敵意。這種破爛丈夫甩了算了，妳這樣外貌姿容能力上乘的女人，何必跟這種窩囊廢和在一起？

忍一忍，算是我救妳好了，不用感謝我了。

不過……黃瑾沉不住氣，恐怕是在家裡大翻過一次，林隆祺不聽指揮，才來找我的吧？

拿起內線，「夠了，慕南，不用跟那豬頭約會了。所有電話都不用接。」

彷彿得到大赦令，「太好了~但是，報仇怎麼辦？」

「沒怎麼辦。」她很乾脆，「快收網了。」

*　　*　　*

林隆祺已經一個禮拜連絡不上慕南和麗晴了。知道太太跑去找麗晴以後，他們吵了這段日子以來最猛烈的架。他氣得要黃瑾馬上滾，沒想到黃瑾不發一語，真的提了行李走掉。

拉不下臉叫她回來，想要找麗晴和慕南又找不到。這個禮拜比熱鍋上的螞蟻還煎熬。

好不容易打通了麗晴的電話，「麗晴，妳聽我說……」

「我不要聽。」她聲音帶哭聲，「這個禮拜，我想了很多……」

「麗晴！那個女人到底跟妳說什麼?!」他手心沁著一把冷汗。

「……你不想知道的。」麗晴安靜了一會兒，「這些……什麼我都能忍受，但是，我卻無法忍受你同時也跟慕南一起。」

該死！那個女人連這都對麗晴講了?!他渾身大汗，「聽我講，麗晴……」

「……算了……我笨吧。我和慕南大吵，又抱頭痛哭。我們兩個人的個性都無法共享……」不過報復的快感倒是可以試試看，「我們想試試看，為了你，能夠忍受到什麼程度。你願意來嗎？」

「什麼地方我都願意！我的確愛著妳們！」他大喊大叫，「我也非常痛苦……」

恐怕你會更痛苦，「……真的嗎？那……下個禮拜四，晚上七點，我們在凱喜大飯店一四〇七號房等你。我們當面……談談。」

三個人當面嗎？林隆祺忖度了一會兒，不管結果如何，起碼他都能保下一個。雖然是私生女……但是論權勢、論美豔、論能力，沒有什麼比不上黃家那個母夜叉。

「我一定會去！」

麗晴放下電話，笑得像是偷吃的貓，緊接著撥了電話，「丹丹啊，要妳找的人找了沒啊？房間準備了嗎？該裝的都裝了嗎？……當然，賺錢都歸你們啊……喂，看在我們這麼多年交情的份上，多少努力點啊～」

慕南進來的時候，等她講完電話，「喂，下禮拜四，晚上七點要跟光談社簽約，記者會準備好沒啊？」

「我『準備』好了。」纖長的手指敲了敲桌面。

* * *

記者會當天，她拖著慕南去洗手間，「快去上廁所！兩個小時內沒得上了。」

「我不想上！」有上廁所的時間，她不如再看一次新聞稿。

「叫妳去就去！」麗晴大吼，嚇得她馬上關上門。

記者會的時候，慕南尷尬的被拖到台上，「咦？我也要？不必吧？這是玩具部門的事情，我……」

「別動，記者正在照相……笑一個。」麗晴狡詐的閃閃眼睛，「記得我們的計畫吧？」

「當然。」要不然累得要死幹嘛？

「那，只要忍過兩個小時，我們就成功了。」

慕南不可置信的看她一眼，「就這樣？」

「就這樣。」

這樣就能成功？她百思不得其解。

*　*　*

照時間走到一四〇七號房，他吞了口口水，按了電鈴。門悄悄的開了，卻沒有人出來。

他打開門，一片昏暗，正要找開關……

「不要開燈。」隱約在昏暗的小客廳，兩個修長窈窕的人兒緩緩的站起來，「開了燈，我怕我們的勇氣就沒有了。」

「慕南？麗晴？」他走近一點，發現她們倆個只穿著薄紗，臉上帶著羽毛面具。

「能不能相處……」兩具性感魅惑的胴體貼上來，豔麗的紅唇在他耳邊傾訴，「這樣試試看就知道了……」

這是個夢，一個絕對香豔的夢……

凹嗚～

*　*　*

本來怎麼也想不透為什麼這樣就能成功……等看到兩個禮拜後的週刊和光碟……

「沈麗晴！」慕南怒吼的聲音幾乎把牆上的畫都震下來，「妳給我解釋看看～」

她衝進麗晴的個人辦公室，雖然什麼也聽不到，部屬們還是不死心的貼在門上。

「這是什麼?!是不是妳搞得鬼?!我才沒有跟林隆祺開3P派對，也不是美意的私生女！我媽快把我罵死了，妳要還我的清白～」

「小聲點。」麗晴正在安排一週後的新產品發表會，捂了捂耳朵，「又是我幹的？只要是壞事都是我幹的？妳到底查證過沒有？」

「不是妳？」慕南看著整篇胡說八道的報導，「那是誰呀？那一天我明明在光談社的簽約典禮……」她的聲音越來越小，突然理直氣壯，「就不是我嘛！」

「對呀。」麗晴閒閒的翻過一頁，「那發什麼飆？」

「果真不是妳幹的？」她自言自語。

「是我幹的。」麗晴坦白的看著她。

「什麼?!」她一跳，倒退好幾步，「但是那一天……」

「當然不是我親手做的。」她笑吟吟的站起來，「剛好認識應召站的朋友嘛。拜託他們一下，隱藏式攝影機又不是什麼困難的東西，他們也在賣偷窺片，所以……熟門熟路啦！」

慕南的下巴幾乎掉下來了，「妳……妳……妳怎麼會認識那種『朋友』?!」

「還不就是淑真姐？咱們學姊呀，黃風正盛的時候，她想寫應召站，又想蒐集資料又害怕，就拖我去啦。其實他們人也不錯……有回沒人可以保釋他們的時候，試著打我的電話，我保釋過他們幾次而已啦……他們可是很講義氣的呢。」麗晴還是笑咪咪的。

「那這個……」她怒氣夾雜著害怕，「這個怎麼辦！我以後怎麼做人哪?!」

「開個記者會澄清就好囉。」麗晴笑咪咪的，「正好新產品要發表了，趁機引起媒體注意啊……」

＊　　＊　　＊

被週刊炸得七葷八素，好不容易回家休息一下，居然在新聞裡看到麗晴，總經理差點一頭撞在電視上。

「麗晴?!」

麗晴和慕南都在記者會上，果然是麻辣八卦，到場的記者滿滿的……他也看到了香豔刺激的光碟……只能說，林隆祺真的滿盡力的……

「這是詐欺。」他喃喃自語，「這絕對是詐欺。」

慕南繃著臉，不發一語，麗晴卻聲淚俱下，還出示簽約當天的照片，哽咽著，「……也許當天有些記者小姐先生還有印象，我們再厲害，也沒有這種分身的能力……嗚……」

「沈麗晴小姐，」記者很興奮的站起來，「妳打不打算控告該週刊？」

她哭了一會兒，「我沒這打算。裡頭的人又不是我們，週刊標題又只是『疑似』。我只希望週刊能夠在下期刊登我們的聲明……」她哭得梨花帶淚，「我們沒關係，但是我們父母親都健在，讓父母親為這件事情困擾……我們的確不是董事長的女兒……請大家體諒我們身為兒女的心情……嗚嗚……」慕南跟著長嘆一聲。豔容盡是無奈。

總經理瞪著螢光幕，開始抱著頭想，跟他分手的那些女人，有沒有這麼厲害的朋友存在……

林隆祺扒了扒頭髮，站在美意大樓下。進出來往的人竊竊私語的盯著他看，令人渾身不自在。

* * *

但是，這若是入主美意的開始，一切都是值得的。

週刊光碟事件爆發以後，黃瑾立刻公開了夫妻分居的事實，這些年的情分都不顧。黃氏也以行為不檢為由，將他打入冷宮。

他思前想後，懷疑掉入麗晴和慕南的圈套，麗晴卻在電話裡聲嘶力竭，痛責他不體貼她們姊妹拋棄自尊的種種犧牲，反而懷疑他們。

「如果是仙人跳，我直接找你要錢就好了……賣給週刊能夠賺多少錢，還得賠上自己的聲譽？」麗晴在那頭哽咽難言，「你不相信的話，禮拜五是新產品發表會，美其兒的首席娃娃設計師，可莉兒．鍾也會出席。這是我們很重要的發表會，你也來參加！這樣，你就可以明白一切了！」

「麗晴……妳們對我的心意，一直沒有改變吧？」

「從來沒有！你來了就知道了！」

所以，他來了。

沉重的走進美意，接待小姐馬上認出他，又是那種曖昧的偷笑……「林先生嗎？這邊請。沈部長已經交代過了，請你到貴賓室。」

「新產品發表會呢？」在貴賓室發表嗎？

「已經結束了。」小姐還是一臉竊笑，「這邊請。」

真是沒有禮貌的總機！等他到美意，就把這種沒規矩的女人換掉！

終於……沒有退路啦。他的手按在門把上。深吸一口氣。有什麼關係？去了一個驕縱蠻橫又沒權沒勢的大小姐，多一對柔情似水冰心熱情的美意姊妹花，怎麼算都是贏的。

再說，她們的床上工夫真是……柔媚入骨了……

擦擦口水，打開門。

桌子上擺著長袖飄然的美麗中國娃娃，同樣有張相似清麗臉孔的女孩，揚起滿頭烏黑的長髮，長長的睫毛揚起，寶光流動的純淨眼睛……也穿著娃娃一樣的雪白暗繡的水袖長衣……

「采薇?!」歲月在她臉上一點痕跡也沒有，仍是那個單純靈慧的鍾采薇，「妳怎麼會在這裡？」

「語氣要恭敬一點喔。」麗晴閃到采薇右邊。

「她可是我們特聘的可莉兒．鍾。首席娃娃設計師，同時，也是中國娃娃的代言人。」

慕南從采薇的左邊走過來。

這情景刺激了已經遺忘的回憶……這三人組……他想起來了，他想起來了！

這兩個女人就是鍾采薇寸步不離的死黨！

難怪他一直有似曾相識的感覺……不是「似曾相識」，而是「的確相識」。

「鍾采薇！原來這一切都是妳設計的！」他吼叫著，像是以前一樣想扯住她的頭髮，

「妳這個不要臉的……」

手還沒碰到采薇，就已經被拍打掉了。

麗晴和慕南沒有出手，出手的是……溫馴可人的采薇。她昂起下巴，原本溫柔單純的眼睛燃起怒火，「你是誰？憑什麼這麼無禮？」

我是誰？被她這麼一反抗，林隆祺反而愣了一下，「妳不認識我？鬼才相信……妳竟然這樣陷害我！我跟妳沒完……」

高舉的拳頭還沒打下，啪的一個耳光已經打在他的臉上了，采薇一指指到他的鼻子，

「你說什麼我都聽不懂！我鄭重警告你，不要以為你是男人力氣大我就怕你了，你這個……

這個……」向來溫柔的她找不出罵人的辭彙，「你這個……壞人！」

警衛架走林隆祺的時候，采薇怔怔的看著自己的手。我打他了！我真的打了他了！這麼多年……我一直想這麼做……我真的打他了！

「感覺怎麼樣？」麗晴壞笑的拍拍采薇的肩膀。

「如果喜歡，我再把他架住讓妳多打幾下。」慕南也拍拍她的肩膀。

「哇～」采薇無預警的大哭起來，總經理比起剛才的火爆場面還慌張，「呃……這個……」求助的看著麗晴和慕南。

「唉，真累。」麗晴坐下來搥搥肩膀。

「讓她哭一下啦，也憋了這麼多年……」慕南悠閒的點了根菸。

心情不同，每個人都長長的嘆了聲「唉～～～～」

*　*　*

聽完麗晴的復仇記，采薇的眼睛睜得大大的，更像她做的娃娃。

「妳們真是……真是……」慕南就擔心她會生氣，「妳們真是……做得太好了！」

她含笑的抱住慕南又抱了麗晴。

「謝謝，」她真正開懷的笑起來，「將來如果妳們有想報復的人，不要忘了加我一個喔！」

正準備點菸的總經理險些燒了自己的領帶。

什麼？不要吧……

＊　＊　＊

董事長笑得很開心。他這個共犯當得很暢懷。「麗晴真是有一套。兒子啊……你覺得麗晴怎麼樣？」

總經理無奈的笑了笑，「她是個不可思議的女人。」對不起她沒關係，千萬不要對不起她的朋友。

「你跟麗晴……也打算一下吧？」董事長老謀深算的笑笑，「距離那年的夏天，又是一個輪迴了。」

「我不懂你的意思，爸爸。」總經理拿起文件，「我該去工作了。」

最好你都不懂啦。你要不懂，眼珠子盡望著她轉幹嘛？

他得意的笑，「陳小姐，」他跟祕書說，「買棵發財樹來擺著。」

「欸？」

「就快要有發財樹在美意生根了。」

最終部

正在痛哭流涕的淑真抬頭驚愕的看著戴著黑框眼鏡，樸素得令人想扁的前任老闆。「妳怎麼又穿這樣?!」她忘了繁重的工作和令人流淚的招募，「老闆，妳什麼時候才回來呀～」不停的擤著鼻涕。

「這不就回來了嗎？」她把自己的東西搬進來，「還是說，妳這個代部長當得很愉快，不打算回原本的崗位？」

「不不不不～」淑真慘叫了起來，「我馬上收拾好！」她一跳，隨便找了口紙箱飛快的丟東西，就怕她改變主意。

看她像是有鬼追似的，麗晴捏捏鼻根，「辛苦了，各位。」她向那三位被操個半死的助手道歉，「今天就可以將手上的工作結束，回原單位報到了。」

面黃肌瘦的外調助手有人說「阿彌陀佛」，有人說「哈利路亞」，另一個乾脆「謝天」了。

唉！出納暨人事部有這麼難待嗎？

小依和阿葉幫著她收拾東西，興奮的像是搖尾巴的小狗。「歡迎回來！」

「但是，妳怎麼丟下玩具部就回來了？」淑真狐疑了起來，「草創不到半年欸！」

「半年夠啦！」麗晴微笑著打開電腦，「如果這樣還撐不住，這群人要集體砍頭了。」

啊，誰說管人事部不好的？

部屬們冷森森的摸摸自己的脖子。

「妳不會再走了吧？」淑真哭著從背後抱住她，其他兩個一左一右的抱住她的胳臂，「老闆，求求妳，不要這麼早就去了～」

「我還沒死。」她實在有點無奈，「我不會走了啦，」笑咪咪的，「下次要走，也會順便把妳們帶走。」

「妳說得喔！嗚嗚嗚嗚～」幾個部屬抱頭痛哭。

這麼點工作就嚇成這樣，實在沒用得要命……她瀟灑的手揮目送，隨口吩咐，本來亂成一團的出納，幾天就井井有條起來。

她在出納悠閒，換玩具部人仰馬翻，慕南實在忍不住，打電話來告狀兼罵人，「妳到底什麼時候回玩具部？」

「我才不回去。」麗晴打了個呵欠，「我要在出納養老。那邊太累了，鞠躬盡瘁半年，夠了。」

「妳這個……妳這個好吃懶做的女人！」慕南氣得大叫，「才三十二歲就要養老？」

「三十三了。」她好心的提醒慕南，「妳也一樣。」

「閉嘴！我芳華正盛呢！誰像妳這個……」聲音太大，麗晴把話筒挪遠一點，讓她發洩。

「謝謝指教，謝謝。」她很敷衍，「那，再見了。我還有事情要辦……」她把電話掛了，開始吃她的蘇打餅乾。

不知道她為什麼在玩具部賣命半年，不過當她的部屬這麼久，不難把整件事情串起來。雖然她什麼事情也不說，淑真已經寫進小說裡惡狠狠的發洩了一場。

讀者回應也快，有人崇拜，有人膽寒，還有人求她不要再寫這個可怕的惡女，因為「晚上會作惡夢」。

抗壓力真低，邊看信邊啐，這樣就作惡夢，當她部屬不就在地獄裡？

……………

雖然，雖不中亦不遠矣。

＊　＊　＊

敲了敲門，發現總經理忙著講電話，麗晴很識相的在小沙發坐著等。不是蓄意偷聽，不過靠片段也知道，總經理大約打電話給以前的情人或前未婚妻。

「嗨。」他放下電話，笑容有點拘謹，「麗晴，最近怎麼樣？」

麗晴奇怪的看他一眼，「不錯。」

「呃……不考慮回玩具部嗎？」好不容易拓展到一半，她驟然要求回歸原單位，讓進度減緩許多，董事長已經叨念得耳朵長繭，自己卻沒勇氣對麗晴囉唆。

「從來不考慮。」她還是溫柔的一笑，捧起祕書小姐泡來的茶。

這樣特立獨行的員工真是管理之瘤……但是美意又缺不了這個可惡又可怕的腫瘤。

他自己也放不下。「復仇完了，就不打算繼續努力……真像是麗晴的作風呀。」

她推推眼鏡，「知道就好。」

兩個人陷入長長的沉默。還是麗晴憋不住先開口，「不會叫我來就打算問這個吧？」

「當然不是。」他深吸一口氣，「董事長打算退休了。他準備把董事長的位置讓給我……前提是……和妳結婚。」

麗晴沒有任何驚愕的表情，捧了茶又喝了一口，「喔！」

「妳的意思呢？」認識這麼多年，他發現，自己還是一點也不了解她。

「你的意思呢？」麗晴反問，微微笑著。

被她這麼一堵，他反而混亂起來。

「等你搞清楚自己的意思，說不定，」她站起來，「我會把我的回答告訴你。」她笑咪咪，「不要這麼怕我，我不會報復你的。提心弔膽的滋味不好受吧？」她揮揮手，「以後不要因為這種無聊事兒就找我，我很忙的欸。」開了門就出去。

……董事長讓她當好了，她比我還有氣勢。書彥悶悶的坐下來。

祕書小姐甜美的聲音，「總經理，二線。連小姐。」

「連蓮？」他拿起電話，笑得很燦爛，「找妳好幾天啦！剛回國嗎？」

「欸。」電話那頭的第二任前妻含著笑意，「找我這麼急做什麼？你的留言一大堆。」

「這個……」他搔了搔頭。「想妳呀！」

「想我？」連蓮笑得很大聲，「最近怎麼了？這麼想我們這些前妻？藍英和曲慕容跟我說……」

他突然背脊發冷。「妳跟藍英和慕容都有連絡？」聲音微微發抖。藍英是第一任前妻，曲慕容是第三任。他的腦海突然出現了麗晴女王蜂復仇三人組。只是主角變成了他的前妻們……

「那當然，光是你的事情就談不完了，我們常約出來喝茶呢。你最近受了什麼打擊？為什麼到處問人家恨不恨你？」

能告訴她被女王蜂復仇記嚇壞了嗎？他苦笑，「這個……總是良心有點不安。」

連蓮輕輕吹了聲口哨，「太陽打西邊出來了？你真的是方書彥？騙我的吧？」

「連蓮！」他抗議，「妳覺得我的心肝這麼黑？」

「你的心肝是很黑，」連蓮調侃他，聽他發急，她搖頭笑著，「但是我們沒人恨你的。」

這反而讓他心裡倒刺了一下。「為什麼？我以為妳們都恨我。」

「或許恚怒過吧……」她輕輕感嘆，「你記得嗎？離婚雖然是你提出來的，蓋章的時候，你卻哭了。」聲音溫柔起來，「再多的氣，你這一哭，我也生不出來。你這樣一個流血不流淚的人……居然為了這段失敗的婚姻哭了啊……」

「……是我對不起妳……也對不起妳們。」他嚴肅的道歉，「一切都是我不好。」

「是我。」她安慰著，「別這樣好不好？從交往到結婚，你從來沒騙過我。我一直知道你花心又多情，卻以為結婚可以改變你什麼。藍英失敗了，我失敗了，一直到慕容，我知道她也失敗的時候，我才感慨，啊……誰的錯也不是。只是我們誤以為愛情非常偉大，偉大到可以移山倒海。卻忘記『江山易改，本性難移』。」她笑了起來，「看起來，愛情也沒有多麼偉大嘛！」

「我實在努力過……」書彥搖搖頭，「不，我不該找任何藉口。的確都是我的錯。」

「你這樣叫人家怎麼恨你嘛。」她嬌嗔，「你這傢伙，發現不行也不稍微撐一下。哪有人談離婚是沒有第三者的？反正我又沒發現你的逢場作戲。你真是坦白到死腦筋……不過，我也很高興……你並沒有蓄意拖下去，拖到兩個人筋疲力盡為止。書彥……」她輕輕喚著，「或許和你不是最刻骨銘心的愛情，但是婚前婚後到離婚，你對我一直很好……」

「這是應該的！」他完全忘記打電話給她的目的，急急的希望她展顏，「是我不好！我該疼惜妳們一輩子……我也不知道自己為什麼這麼過分……」

「算啦，誰會偷偷幫前妻找工作，替前妻付房租的？你給我的贍養費已經很豐厚了，實在不用做到這種地步。」

「欸，我沒有……」他結巴起來，消息怎麼會走漏的？

「你本來可以用這些跟我討恩情的。」連蓮輕輕的說，「在外面行走多年，漸漸我也明白了。錯過你，的確很遺憾。外面爛男人整籮筐……」

「妳被欺負了？誰？誰敢欺負妳？」書彥覺得有點憤怒，「妳告訴我……」

「你啊，真是的。我已經不是你的女朋友或妻子啦！不用這麼多情……倒是我要說說你，到底要不要定下來啊？這麼多年啦，我知道你每年生日還給前妻們送粉紅玫瑰。再這樣下去，我們這些前妻可以組個大老婆俱樂部了。你不嫌花費凶，我實在不想看這種姊妹越來越多。」

「這個啊……」他笑了起來，「現在我很謹慎了。」

「書彥，」她突然溫柔的喚他，「既然我們分開這麼久了，我能不能問，你為什麼特別喜歡夏天？」

「我有嗎？」書彥覺得訝異，「我並不特別覺得呢。」

「你喜歡夏天，喜歡向日葵。每到夏天，你總恍惚而開心，送過我大把大把的向日葵，看著我卻不像是看著我。為什麼？是不是你在青春年少的時候，有過什麼特別的回憶，還是有過特別的人？」

夏天……暑假……你總覺得她像向日葵。某張燦爛充滿火力的笑顏……原來我喜歡夏天。

「我忘了。一切都忘了。」他模糊的微笑。

「……你千萬不要忘記我。」她的聲音悲慼起來，「遺忘是很沉重的罪孽。」

是呀，太沉重了。沉重的無法面對回憶。無法面對婚禮上另一張傷心卻勇敢的笑容。

掛了電話，他默默的坐了很久。看著日影漸漸偏西。他拿起內線，「爸爸，我和麗晴的婚事……就算了吧。」然後掛上電話。

結果董事長衝進總經理辦公室，氣勢洶洶的指著他鼻子大罵，「你這個不肖子！我都已經訂好機票了，你敢說不娶麗晴？你眼珠子跟著誰轉？笨蛋！只會追著不太愛的女人，膽小的不敢接近心愛的女人，你算我的兒子嗎？」

「我的確是笨蛋。」書彥莫可奈何的，「老爸，就算我要娶，麗晴也不會嫁我的。」

「你怎麼知道？你求過婚了？」人一老起來，就比小孩子還番，「別人不知道，我會不知道麗晴？你以為她為什麼要在美意苦熬？別以為沒人高薪挖角過！」

他心裡一動，卻壓抑了下來，「爸，我配不上麗晴。」

「你胡說什麼……」

「我娶過三任老婆了！我這種爛男人，是沒辦法給任何女人幸福的！」尤其是麗晴。

「呸！我也娶過三任！我怎麼覺得自己是鑠古震今的極優好男人？」

書彥翻翻白眼，「我不在長輩後面說是非。當面也一樣。」

「你這是什麼意思?!」

＊　＊　＊

第二天，麗晴主動約他晚上吃飯。「怎麼？董事長急著退休？」拉著她嘮叨了一個下午。

發現麗晴帶他到美麗華來，他發愣了一下。「呃……大概吧？」

這裡是他們第一次約會的地方！他還記得麗晴穿著圓裙子，嬌嫩的像是一朵小白花。他看傻過去，將紅酒滴到她的裙子上。

我這樣遍染了她一生。

「好吧。」她淡淡的笑，「那就讓他退休吧。」

「麗晴……妳……」他說不出話來。

＊　＊　＊

「為什麼工作更多了～～～」淑真慘叫著。小依和阿葉已經放棄慘叫的權利了，認命的打字找資料排行程。

的確麗晴實現了她的承諾——不離開，要不然會帶她們走——如果知道她會將她們一起帶來總經理祕書組，死活她也不會要麗晴承諾的。

「我不是祕書的料子！」那天乍聞噩耗，她跳到椅子上，尖叫起來。

「放心，」甫接總經理位置的麗晴依舊氣定神閒，「經過我的『調教』，妳很快就會上手的。」她眨眨眼，「我當然不會拋下妳們的。」

啊～～求求妳拋棄我們吧～～

她當了總經理，比以前更累更辛苦。大小無數子公司外帶幾百個部門全彙總到這裡決策，她們這些倒楣的祕書，得先過濾推敲，然後麗晴才會閒閒的拿起卷宗看，還時時嫌她們手腳太慢。

讓我死一死算了……

「放心，」她還拍胸脯保證，「我絕對不會讓妳們加班的。」

看看堆積如山的公文，「求求妳，讓我們加班吧～」不加班做得完？做不完會有人偷做嗎？

「不行。」她搖搖手指，「趕緊完工，下班我請妳們喝酒。」

「我不要喝酒～～」

看著這片混亂，新任董事長經過，嘴角噙著微微的笑意。

那天，他心跳加速的等著麗晴的決定。

「董事長退休。我願意繼任總經理。」麗晴微笑，「你知道我討厭麻煩。」晃晃手裡的紅酒，「但是，我願意接任。」

「結婚呢？」書彥問，多久沒這樣心跳加速了？

「跟結婚有什麼兩樣？」她喝了一口紅酒，「我們相處的時間，比夫妻還長。」

他突然明白了什麼，也像是什麼都不明白。十幾年的光陰飛逝，他們倆個在七彩繽紛的世間目眩神迷，貪婪的嘗著每一口生命的滋味。或許兩個人都遺忘了，也或許從來都沒有遺忘過。

像是兩顆平行飛行的彗星，遺憾著沒有交會點，卻忘記總是同方向的飛行。

「愛因斯坦說，平行線可能會在無限遠處交會。」他溫柔的說。

推了推眼鏡，樸素的她依舊有著嬌媚的魅力。「可能，很有可能。」

遙望著，凝視著。在那個年少的暑假，他將她的白裙子，染出一朵向日葵。

兩個人互相染遍了一生，在心底。

采薇和慕南驚醒了他的思緒，一笑進入了董事長室。

「喂，恭喜呀。沒看過總經理和祕書們混在一起坐的。」慕南獰笑著，「妳沒化妝的臉還是一樣醜。」

「胡說，」采薇輕輕的呵斥她，端詳著，「這樣很好看啊，就像以前的慕南一樣。」門碰的一聲打開了，「麗晴！我回來了！」天威氣急敗壞，「我照跟妳的約定，回來接妳了。就算妳升到總經理我也不會改變的！」

「喔。」一年這麼快嗎？這小鬼調回來了？「很好很好……請跟我的祕書約時間。」她把淑真推到天威面前，「好了，下班了。采薇，慕南，要不要一起去喝一杯？」

大踏步的走出辦公室，其他的人苦著臉關電腦收東西，急急的跟在她後面。

「麗晴！」今天是什麼日子？又有兩大把鮮花？小中可愛的笑靨不因為研究所有什麼改變，「欸！我又跟女朋友分手了。想來想去，還是覺得麗晴好……」

「很好很好……」她接過鮮花。

「你這小矮子滾開！」馬索很凶的將他擠開，「礙手礙腳的！麗晴……我畢業了！我也考到律師執照，以後可以用青年才俊這種身分追妳啦！」

「很好很好……」她也接過花，順手送給了采薇慕南。

采薇笑眯了眼睛，「花欸……慕南，我突然想起我們畢業的時候……」她看看豔麗的慕南，和樸素的麗晴，「好像回到那時候……」

是呀。什麼都沒有改變。一樣的三人組，一樣喧喧擾擾的街景。

從彗星俯瞰地球，所有的變化，終究回到原點。

回望前塵似夢，三個人相視而笑。紅塵萬丈，終歸平淡。燈火闌珊，伊人在來處。

「哎，這樣也不錯。」麗晴推了推眼鏡。

—END

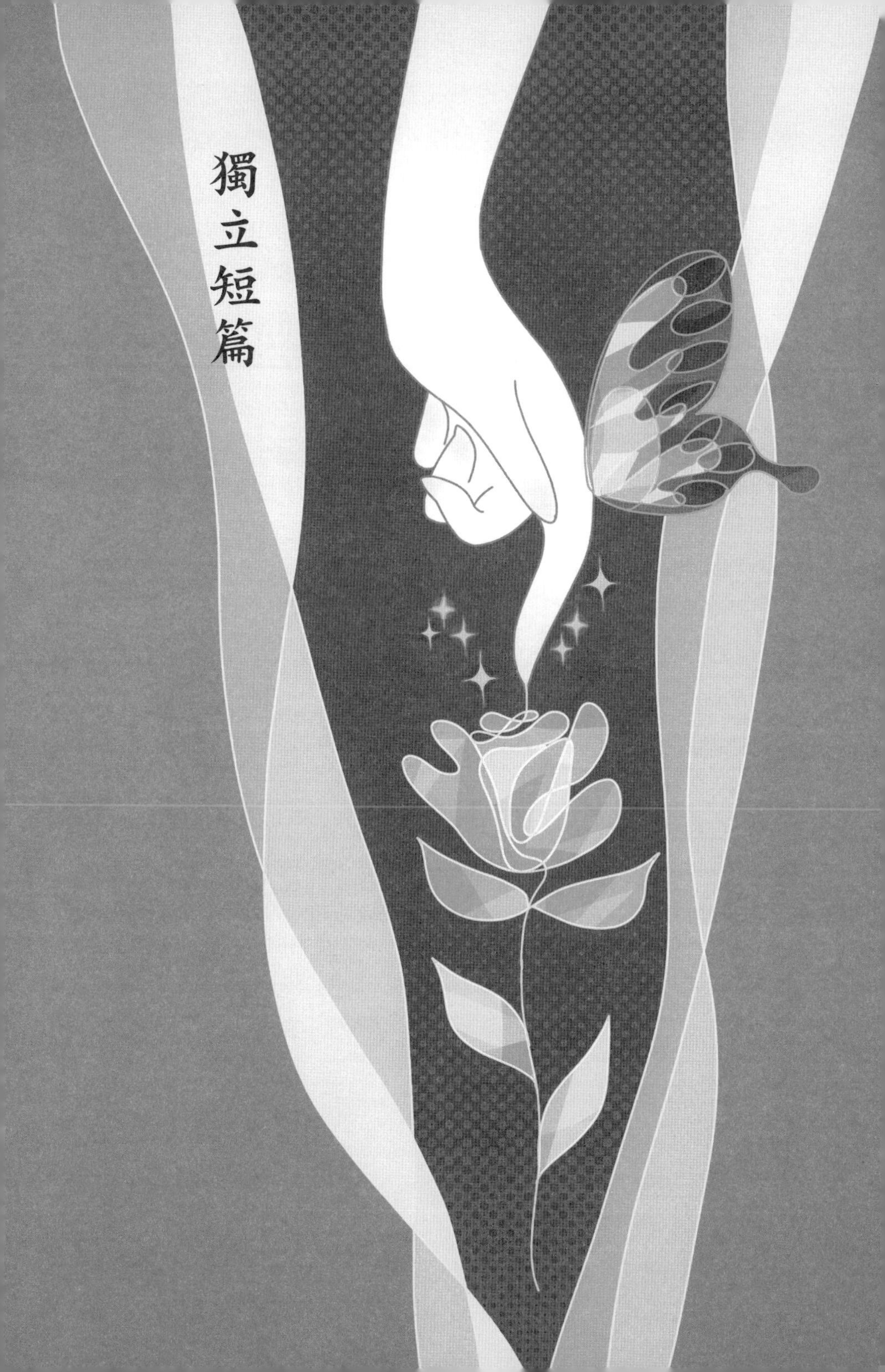
獨立短篇

失蹤

柳絮永遠不會忘記那個下午，剛剛學會做蛋糕的他們，興致勃勃的窩在廚房慶祝。

「但是，到底要慶祝什麼？」用力打著蛋白的士豪，不解的問著。想了一整個下午，記憶超人的他還是想不起今天是什麼紀念日。

柳絮不禁莞爾，「你還在想啊？」

「那當然，我想記住我們的每個紀念日。」認真的點頭，剛剛過三十五歲生日的士豪，臉上還是帶著乾淨的清新氣味。

她低下頭來微笑，結婚五年了，對他的愛意，沒有一天稍離。

「紀念我們還在一起。親愛的，結婚紀念日是下個月。今天是我們訂婚的日子。」她輕輕的在士豪臉上一吻。

「不對，」他也輕輕撥開柳絮臉上的髮絲，「後天才是我們訂婚的日子。不過，讓我們慶祝仍然相愛的在一起。」

然後，電話響了。

第一次，她聽見向來溫和的士豪，發出驚人的吼聲，「為什麼不早點告訴我……現在才告訴我？你以為你是誰？……不！我不同意！你敢讓她受火刑，天涯海角我都會殺了你！」

「士豪？」她有些害怕的走到客廳，狠狠掛上電話的男人，沉默的怒氣窒息著空間裡的所有氣息。

「士豪。」她又叫了一聲。抬起頭來，眼睛裡布滿了血絲，殺意冷冰冰的襲擊而來。

柳絮恐懼得不會動彈。

他低頭疾步進了房間，匡啷啷的像是在找什麼，柳絮跟著進去，發現他粗暴的胡亂整理著行李。

「要去哪裡？士豪？發生什麼事情了？」她趕緊按住丈夫的手，「到底是怎麼了？是不是有什麼新聞要馬上去採訪？」

但是臺北都會會有什麼緊急得馬上採訪的消息呢？

士豪停下整理行李的動作，定定的望著柳絮。這眼光讓她驚疑。目光沒有轉移，但是卻像是看透了她，不知道焦點到底在哪裡。

「對不起。柳絮。對不起。」他將行李一鬆，只拿起了隨身的提包，「現在還整理什麼行李呢？我很抱歉……一直都……」

匆匆的衝出大門，不理會柳絮在後面的叫喊。轉眼就沒了他的影蹤。

「士豪！」

這是柳絮見到他的最後一次。接下來一整個禮拜，音訊全無。

她幾乎崩潰了。哭著向大伯求救，大伯看見她滿面的淚痕，「小弟呢？」

「已經失蹤一個禮拜了。」哭著將那天的情形告訴了大伯，他也只是低頭想了想，「弟妹，不要緊張，他沒事的。我想可能是緊急的採訪。」

「再怎麼緊急，怎麼會不跟我連絡呢？大哥，我真的好擔心……」柳絮握住手帕，啜泣著。

他只是低著頭，嘆著氣。「弟妹，我保證他好好的。放心吧，至多一個月就會回來了。」

這讓柳絮起了疑心。「大哥？您知道些什麼，對不對？」

「不，我什麼都不知道。」

柳絮不信。

回到冷清清的家裡，電視上擺著她和士豪合照的照片，兩個人笑靨如花。眼淚馬上奪眶而出。

和士豪結婚這麼久，他們連架都沒吵過。他總是好性子的，在柳絜偶爾的壞脾氣時溫言。

她將臉埋進臂彎裡，渴望再聽一次士豪溫柔的聲音。軟軟的，清亮的像是青少年的溫柔聲音。輕輕的喊著她的名字，像是喊成了暮春柳飄絮飛的時節。

哭到睡著了，被電話鈴聲驚醒。

「請問……曾士豪先生在嗎？」一把溫潤的女聲。

「不在……」一聽到士豪的名字，眼淚又溢出來，「他已經失蹤一個禮拜了……」

電話那頭沉默甚久，輕輕嘆了口氣。「我姓陳，22551679。若他回來了，請給我電話好嗎？」

「我不知道他幾時回來。」柳絜啜泣著。

「很快的……很快的。」溫柔的聲音又輕嘆，掛了電話。

但是丈夫一直沒有回來。

等待的日子非常悠長。痛哭過幾天後，漸漸鎮定下來。發瘋似的將整個家重新布置過，跪在地上用抹布將橡木地板擦得發亮。

但是時間還是一分一秒的緩慢。精疲力盡的大掃除後，士豪還是沒有回家。半個月了。

握著咖啡杯的手微微發抖，從窗戶望出去，正對著公園的秋千架。沒有人，只有幾隻麻雀在架上輕跳喧譁。

春天就要過去，不知名的樹，開了滿滿不見葉的花，雪白的囂鬧著。

用滾燙的咖啡將同樣溫度的眼淚澆灌下去，不讓自己陷入無助中。

昨天她央著好友幫忙找徵信社，這樣的日子，柳絮再也不能忍受了。

徵信社不像她想的陰暗猥瑣，反而有著開闊的辦公室和忙碌來往的員工，沒想到居然還有個科別專門負責離家丈夫和妻子的。

沉默了一會兒，柳絮望著承辦的小姐，「我這樣的案例……不多吧？」

「曾太太，」小姐將她的檔案夾合起來，「比您想像的多很多呢。人的基因裡都帶著流浪癖，配偶失蹤不是暴力下的唯一產物。」

「難道不是因為我不好嗎？」雖然已經決意不再哭泣，她還是握著手帕，指節發白。

「快別這麼想，」她溫柔的將熱茶端到柳絮面前，「我們會幫妳把事情弄清楚。還沒弄清楚之前，可不能這麼倒下去，好嗎？讓我們幫妳。」

是的，不能這麼倒下去。一定要撐住，撐著問士豪，親耳聽見他的解釋。

她再看一眼電視上的合照，拿下來，收到櫃子裡。

櫃子裡有好幾大本的相片。她將相簿打開，就像是打開了潘朵拉的盒子。多少甜蜜回憶洶湧而至，越是甜蜜，殺傷力越大。

微微濕了眼眶，六年前的士豪，微偏著頭，乾淨清新的不似成年人，憂鬱溫和的站在寒冬裡的陰暗臺北。

向來討厭臺北的冬天。若不是在這個季節認識了士豪，她每天起床時不會忘記詛咒天氣。

他是柳絮在冬天裡最明亮的一片冰藍。但是她忘記了，冰藍色是冷冽的憂鬱。

就是這種冷冽的憂鬱捉住了她吧？現在她也被這種憂鬱感染了。

那一天，她原本是不打算出門的。若不是母親要她帶蛋糕過去，或許就不會遇到士豪。

獨生女的柳絮和鄰居的表哥如同親兄妹，這樣親暱的友愛，卻不代表也能友愛表哥的記者同事。

在她的刻板印象裡，表哥的同事們都是些菸酒不離手，髒話不離口的傢伙。到他們的聚會，衣服頭髮都逃不過菸味酒味的侵襲，總要洗了又洗才能清除乾淨。聒噪，洪亮誇張的聲線，緊逼著人的耳朵，浮誇讓人生厭。

但士豪卻安靜的坐在一角微笑，在煙霧繚繞的惡菸味中，點塵不沾衣。

抬頭望了柳絮一眼，清澈而明淨的眼睛震懾住她，居然無法把眼光移開。

「楊柳絮？這名字雅致。」他聲音柔柔的，清亮如少年，悄悄的撥動了她幾乎未曾觸動過的心弦。

就在那刻，她愛上了士豪。

乾淨清爽的士豪，雖然是記者，卻不抽菸也不喝酒，行路總是匆匆，連過往的美麗女郎都不多看一眼。握著他修剪整齊的手，總覺得和這樣的男子攜手一生，是種幾乎不可能的幸福。

結婚這些年，她從來沒有懷疑過自己的幸福，即使一直沒有小孩，也不能將她的幸福感稍減。

有士豪就夠了。但是現在……現在……

士豪呢？只剩下手上翻閱的相簿，還存留著他的身影。

一滴眼淚打在相簿上，她戀戀的將士豪從幼年看到青年。有些奇怪，她又翻了一次，以為士豪所有的照片都在這裡，每張照片都細心的寫著拍攝的時間地點，卻獨缺了七十七年到八十二年的照片。

這幾年的照片呢？

打了電話給婆婆，迂回著發現士豪沒跟家裡連絡有些失望，她問，「媽，士豪的照片還有些留在家裡嗎？」

「有啊，有些他剛滿周歲內的照片在家。怎麼了？要拿回去嗎？」

柳絮謝了婆婆，對著這些相片發呆。

七十七年，大約是士豪大三的時候。大三，橫亙過當兵，退伍，就業。奇怪，怎可能這麼大的日子連照片都沒有？

她開始認真的翻士豪書房。整齊得像是軍隊排列的書和文具，沒有就是沒有。這五年的光陰，像是消失在相簿書寫的生命旅程中。

她去找了表哥。

「唷，柳絮，士豪勒？美國是他自己去的啊？怎麼沒帶妳去？」表哥訝異的看著她。

原來士豪去了美國。

將話扯了開去，柳絮假意要找以前和表哥合照的相片，不疑有他的表哥搬出了一卡車的照片，「妳找吧，我還正奇怪呢，怎麼小時候的每張照片都有妳這個跟屁蟲。」

表哥的照片雜亂的存放，勉強照著拍攝的前後秩序尋找士豪。報社聯誼時，的確照到了士豪，他微笑著看著鏡頭。團體照，只有小指甲般大小的臉孔，卻是青澀而歡快的。

新春餐會又一張，看照片日期是士豪到報社滿一年的事情。沒有什麼頭緒。她將這兩張照片悄悄的放進自己皮包裡面，告辭回家。

疲憊的洗頭，電話鈴聲響了又響，「您好，我是徵信社的李溫柔，」拖著濕淋淋的頭髮，她想起徵信社那位溫柔小姐，「我們查到了曾先生的去處，他出境到美國了。還繼續追查嗎？」

「天涯海角。」柳絮說。

洗完了頭，將頭髮擦乾，鬆鬆的挽了起來，慌張得幾乎無法呼吸的情緒平復，捧著咖啡，對著初升如鐮刀的月喝。

對，天涯海角。她第二天沿著士豪的連絡簿，開始拜訪士豪大學時代的老師同學。先拜訪了退休的教授，士豪上過他新聞道德的課，對他很是憶念。

「曾士豪？阿，是，士豪。他總是搶在講臺邊聽課，」滿頭花白頭髮，鬍子刮得乾乾淨淨的老教授，笑得瞇細了眼，「他現在如何？我聽說他結婚了。」

「教授，」教授夫人同樣花白著頭髮，溫文的對著自己的丈夫，「這位就是士豪的太太呀，我們去參加過婚禮，不是嘛？」

「是了，」定睛看了柳絮，「我的記性越發糟糕。」教授夫人笑著將手伸過去，握緊教授的手。

靜靜的和室，茶煙嫋嫋的氤氳，年老的夫婦相望，優雅的一起老去，似乎天地就剩他們倆人。

這寧靜的氣氛刺痛了她。

「……士豪好嗎？」她怔怔的望著夫人許久，才聽懂了問句。

「好。」柳絮命令眼淚全收回去，「因為……我們遺失了一本相簿……士豪覺得很介意，所以……」

她說，要為士豪搜羅失去的相簿當作結婚紀念的禮物，「等我掃進電腦裡就會還回來的……」對著他們說謊，柳絮居然沒有絲毫的羞赧。

是你逼我的，士豪。逼我犯下說謊這種口業。這全是你的錯。丟棄我的錯。

欣然的將相片搬出來，其他人也同樣的沒有防備。

奇怪。

她指著照片裡不停出現的一個黑衣女子，「這是誰？」

士豪的學姊陷入追憶的茫然，「我不太記得了……好像是士豪的同事。」

士豪的同事？「他不是還在上學？」

「呵，他在外面可活躍了。若是我沒記錯，他似乎當過作家的經紀人。」

經紀人？她回到家裡，將所有搜羅來的照片掃進電腦裡面，一張張的比對。

奔波了幾天，只來得及探訪了士豪幾個大學的同學老師。不可思議的望著士豪掩蓋起來不讓她知道的五年。

不甚起眼的黑衣長髮女子，總是重複出現在他的身邊。這是誰？這是誰？

找出最清楚的照片，細心的將她圈出，放大，用相片紙印出來。這些對於嫺熟美工的柳絮來說，一點也不費事。

慘白沒有血色的女子，透過相片，似嘲諷似淡漠的看著柳絮。

她……她會不會姓陳？

轉頭去找士豪的同袍，在他們的相簿裡，也同樣有這黑衣女子的身影。

「這是誰？」不經意的問著。

「她？不是士豪的老闆嗎？我們在裝甲學校的時候，還常常來探望勒。我們還以為這個是他的女朋友……」同袍的太太瞪了自己丈夫一眼，他才尷尬的停了笑聲。

柳絮笑笑，將話題帶了過去，似乎完全不在意，心裡卻翻湧著酸澀的怒氣。

長年穿喪服似的女子……她不曾得知過她的任何訊息。就像是澈底的埋葬在士豪的生活中，連相片也不得一張。但是消失的那五年裡頭，士豪……她的丈夫……卻讓她一個人獨占著。

不管是什麼地方，什麼時刻，兩個人親暱的並著肩。這段士豪的生命，她卻了無所悉。

她到底是不是姓陳？

打了電話過去，在士豪初失蹤時，曾留下電話的「陳小姐」。

「我是士豪的妻子。」講完這句，柳絮突然哽住了。

「士豪還沒回家？」那邊的聲音，卻是驚訝的。

「妳是誰？士豪從大三到結婚前，全讓妳霸占著，妳究竟是誰？士豪在哪裡？快把他還給我！」柳絮握住話筒，潸然淚下。

「……曾太太，那幾年不是我在他身邊的……」

幾乎崩潰的柳絮對著話筒那邊的人痛哭了起來，那位陳小姐一言不發，將電話掛掉，再怎麼打都打不進去了。

她憔悴的把這些天追查來的資料交給徵信社的李小姐，默默聽完柳絮的眼淚，輕輕的嘆口氣。

「我是不是搞砸了一切？」淚眼矇朧中，她抬起頭來。

「不，只是將來有進一步的資料，請交給我們。」溫柔的李小姐笑了笑，「交給我們吧。」

她疲乏得連一步路都幾乎走不了，進到自己的家裡，呻吟一聲，倒在床上，幾乎是立刻沉入黑甜鄉，連夢也不曾作一個。

等電話鈴聲驚醒了她，發現天色已經如墨了。

「曾太太？我們找到了陳小姐。她答應見妳，妳呢？還是讓我代為出席？」

清醒了過來，「不，我要見她。」

她匆匆洗了把臉，鏡裡憔悴得幾乎不成人形，抓起一管口紅在唇上抹了抹，還是悽楚的哀豔。

在徵信社的辦公室裡，陳小姐站了起來，柳絮的心卻跟著沉下去。不是那位黑衣女子，卻明亮的像是陽光般燦爛，美麗的足以照人。

「曾太太？」她的臉上出現了一種複雜而感慨的笑容，「我姓陳，陳湘容。」

李小姐欠欠身，體貼的將門帶上。

「妳不是她。」沉默了許久，柳絮將帶著的相片放在桌上。

湘容也跟著沉默。「怎麼會有這張呢？應該整本相簿都在麗理那裡。」

果然。

「我到士豪的同學家找出來的。」她撫摸著桌上織花桌巾的蕾絲，「她叫什麼？麗理？」

「士豪都叫她，美麗的大理花。」訝異的抬頭看著湘容，「她也總會笑著回答，『我並不美麗。』」

大理花……他們小小的屋頂花園，種滿了遍地的大理花，士豪每天清晨要花半個小時澆花，細心培養。不用農藥，也不許用化學肥料，親自買了雞肥，還要覆上後腐化才施在大理花壇裡。

「妳是……麗……麗理的朋友？」柳絮的聲音如許艱澀。

「我是麗理的情敵。」她淡淡的笑笑，「妳想得沒錯，原本我曾是麗理的朋友。」

情敵？她赫的站起來，「士豪？」

湘容直視著前方，「是。只是，他終究卻回到麗理的身邊。」她對著柳絮笑笑，「我真是不明白，到底哪點輸給了麗理。」

她覺得有些氣悶，反胃起來。

「不用不高興，誰也沒得到士豪，妳是最後的勝利者，不是嗎？」

「這種勝利我不想要，」柳絮的聲音尖了起來，「若是一開始我知道……」

知道又怎麼樣呢？

委屈不忿的眼淚湧了上來，硬逼在眼眶裡。

「妳是什麼都不知道。」湘容漸漸轉成哀傷，「但是不知道也好。知道的像我，到現在還是非常的痛苦。不過，妳不用擔心了，反正麗理死了，他哀悼完了，就會回家。」

死了。

「麗理在美國？那通電話是妳打的吧？」柳絮恍然，「妳是他們間的橋樑。」

「只要我還跟麗理保持著連絡，士豪就會來找我。」湘容苦澀的笑著，「放心，我跟他早就沒了任何關係。自從我和他的事情讓麗理知道，險些失去她後，士豪連正眼都不瞧我一眼……」優雅的笑著，「他會肯跟我吃頓飯，也不過就是想看看麗理寫給我的信而已……」

湘容鎮定的端起咖啡，但是牙齒輕碰杯緣作響的聲音，洩漏了不住激動的顫抖。

「妳什麼都不是。」柳絮突然討厭起她來。

沒想到湘容點點頭，「說得對，曾太太，妳是他的妻子，麗理是他心裡永遠深愛的人，我？我的確什麼都不是。」她在紙上匆匆寫了寫，「這個BBS，留著所有的真相。士豪在託我將日記轉交給麗理前，將整本日記打了副本在日記版裡，去看吧，如果妳想知道真相的話。」

她站起來，拿起皮包，「到時候妳也會發現，除了是士豪合法的妻子外，妳什麼也不是。」

將紙條揉成一團，扔在湘容離去剛關上的門上。柳絮放聲哭了起來，五年來的天堂，轉瞬間居然毀得只剩斷垣殘壁。

李小姐沒說什麼，只是不停的抽面紙給她，任她發洩情緒。

「麗理到底是什麼人？」她的聲音沙啞，過度的哭泣使她痲木。

「插畫家。頗具盛名，這些年都旅居在西雅圖。」李小姐指了指牆上掛著的畫，「那幅是她畫的，我們老闆是她的畫迷。」

她望著牆上的畫。一個精靈般出塵的裸身女子，應該是雙手的地方，被一雙雪白的翅膀取代，飛騰著，容顏似歡欣，眼神卻哀傷而溫柔，側著看觀畫的人。畫面簽著飛舞的「麗理」，末端帶朵小小的大理花。

發一聲喊，柳絮衝上去扯下牆上的畫，李小姐趕忙阻止她，卻已經跌落於地，粉碎了畫框的玻璃。

「我恨她！我恨他們！騙我……將我騙得好苦……」最後她軟倒在李小姐的懷裡，抽泣不已。

等她發洩得差不多以後，李小姐才輕輕的說，「有些真相不說，卻不是因為要欺瞞，只是不忍傷害無辜的人。妳是無辜的。」

閉上眼睛，疲乏的說，「其實我明白。」

只是瀕臨崩潰的人，理智上即使知道，感情上又怎麼會知道？

「找到了士豪嗎？」她央求的抬頭看著李小姐，溫柔的她，輕輕推推眼鏡，點了點頭。

「西雅圖？」

「嗯。」

「我要去找他。」搖搖晃晃的站起來，「要去找他。」

李小姐沒有阻止她，只忙著幫她辦機票和護照。臨出門，她還特意送柳絮到機場去。

幾天煎熬，沒能好生吃好生睡，李小姐總不忘下班順便來看看她，幫她打理身旁的一切。

柳絮握住李小姐的手，「我欠了妳許多人情。」

「什麼話？」李小姐輕輕拍拍她的手，「這也是我的工作內容。」

「包括幫我剪頭髮嗎？」她摸了摸剪得俏麗的短髮，笑了起來，「謝謝妳，李小姐。」

「叫我溫柔。」

「也只有妳配叫這樣的名字罷了。」柳絮握緊溫柔，輕輕的互相擁抱了一下。

飛機就要起飛，遠赴西雅圖尋找失蹤的丈夫。她將安全帶繫上。眼淚確實已經流盡了……但是內心的傷痛，卻依舊源源不絕。

沒有止盡的時候。

日後旁人問她西雅圖是晴是雨，如何的山光水色，柳絮絲毫答不出來。

對柳絮而言，西雅圖是惡魔居住的城市，將她溫柔深情的丈夫下了極重的心蠱，從此失了蹤。讓她的眼淚流盡，粉碎每一片的柔情。

連多呆一刻都讓她無法呼吸。

她只記得隨著徵信社的人前往的路上，車窗上有著紛飛的杏花春雨，點點滴滴。

「這裡。」抬頭看著雪白的住宅，有著一絲茫然。這麼長久的追尋，終於要到終點了。

我一定要對他抱怨，一定要給他幾個耳光，踢他幾腳。一定要放火燒掉這個該死的，魔鬼居住的房子。

心裡沸騰著憤怒，還有越來越深的怨恨。

乍開門……

士豪了無所聞的坐在畫室裡，周圍圍繞著滿滿的畫。全畫著士豪的容顏。從幼兒，到少年，青年，壯年，老年。清新的氣質沒有改變，濃濃的思念，透過一筆一觸，移居在每個線條中。掛得滿滿的畫，從地上掛到天花板，滿滿的。

坐在地板的正中央，士豪卻不是看著自己發呆。一片墨黑中，只有女子慘白的臉孔，溫柔的透出來，除了唇上的一點淺紅，整個人，只有黑白兩色，也只有臉和手能得見。

那一點淺紅微笑著。對著士豪，微笑著。

怔怔的落下淚來。慘澹的將原有的憤怒灰飛湮滅。在這個雪白的大宅，回憶著過往，勤力畫著心愛的人的心情，這樣一直畫到死……

「我不該聽她的話，放下她。母親不喜歡她算什麼？年紀大些算什麼？」許久沒有說話的士豪，聲音嘶啞著，臉上有著沒刮乾淨的陰影，「害了妳，也害了她。」閉上眼睛，依在麗理的畫像上嗚咽出聲。

坐在他的身邊，看著許許多多的士豪。柳絮的腦子也跑馬燈似的，回轉著這五年的甜蜜。

第一次約會……第一次接吻……初夜……新婚……他乾淨溫柔的容顏，輕輕依在柳絮的臉上，讓她閉上眼睛，輕輕的廝磨著。

這些，麗理，妳都有過了，對不對？把他……還給我吧……

淚眼模糊中，像是看到麗理為難卻溫愛的表情，環著士豪的肩膀，那麼陶醉靜謐，透明的吻著哭泣的士豪。

消失。

「回家吧，士豪。」她輕輕扶著他的臉，「麗理不在這裡了。」

回家。

在機場劃機位的時候，猛回頭，看見士豪身邊依著黑色大衣的女子，嚇出一身冷汗，一定睛，又什麼都沒有了。

握住丈夫的手，這場戰爭，恐怕很長，很久。

看著疲勞睡去的士豪，她拿出湘容給她的紙條，慢慢的撕成粉碎。

不，我不要看。

一年不行，還有第二年。我們的餘生……還長得很。

我會贏回士豪。不管要花多少時間。他會忘了麗理，總有一天。

環抱住熟睡的他，在飛機低低的嗡嗡聲中，她也跟著睡著了。

雲彩低低的從窗邊飛過，像是聽見了鼓翅的聲音，還有雪白的羽毛飄過。

「妳又何必如此？」徵信社的溫柔，責備著湘容，「何必告訴她那些真相？」

「因為我不像妳這麼虛偽！」湘容大怒，「憑什麼她可以得到士豪？」

「我不是虛偽！我比妳更愛……」她不再說下去。

「妳也愛著士豪，要不，何必硬凹這個案子下來呢。」湘容神經質的笑了起來。

「是的。」溫柔不再說話，靜靜的看著面前的咖啡。

溫柔的眼淚落了下來，在咖啡裡，回蕩著一點點的漣漪。

大夫

當拖車發出凶暴的汽笛聲……衝過轉彎時，我並沒有害伯。連車尾掃中我的機車，讓我幾乎撞上山壁，那一瞬間的……景物急速變幻割裂……重重的，飛拋在往舞鶴山的山路上……落地時，只感到沉重的窒息感。

直到被機車壓住的右腳，發出尖銳的劇痛時，恐懼慢吞吞的爬升，在口腔中流動著苦鹹。溫暖的液體……緩緩流過我的頰。

靜靜的躺在地上，良久。閉著眼睛，害怕僵硬了我的四肢。

正是溫暖的春天午夜，蟋蟀蚱蜢鳴著求偶的歌。

我聽到的是，血滴進泥土裡的聲音。

顫抖的起身，暈眩。沒多久，額頭的血凝成血塊，不再流進我的眼睛中。用力將腳抽出來，一觸地，我的眼淚奪眶而出，差點又摔倒。

生生撕裂般的痛……我哭著，把機車扶正，居然還能發動。

等到麻木的大腦能運作時，半個小時過去了。

我該看醫生。可是……這樣的三更半夜，小鄉小鎮的醫生是不看診的。不……有例外。我將車騎向鎮上唯一的婦產科醫院。

嬰兒的降臨，根本不受時間的約束。我艱難的跛著進入候診室，幽魂一樣，潛伏在角落。

長途在幽暗中夜行……明亮的候診室讓我暈眩。人來人往，喧譁而緊張。兩家人馬沸騰，恍若身在菜市場中一樣。

長長響亮的兒啼……將嘈雜升到最高點……我緊緊壓住太陽穴……隨著高分貝的音量……拚命跳動的痛了起來……

「夠了沒有啊？這裡不是菜市場啊？」穿著染血的綠袍，暴躁的醫生咆哮，候診室一下子靜了下來。

「通通給我回去！要坐月子明天再去做！今天讓她們休息一下！」醫生的話，引起了小小聲細碎的抱怨，他不客氣的拉開大門，「今天不接客了！明天請早！我們要清理場地！聽見沒有？我們打烊了！」等人走乾淨後，他用力摔上大門。

瞥見我，「妳怎麼不跟著……晴玉?!」

我苦笑著，「我沒辦法滾，大夫。」

他瞪著我，「妳們都是死人啊？」他罵起護士，「沒看見有患者？連緊急的處理都不做？……」我按住額角迸裂的傷口，「大夫……她們都累一夜了……」護士們嚇得縮成一團，「我看你忙……所以沒有出聲……」

「該死！怎麼弄成這個樣子！」他轉過頭來罵我，「半夜不睡覺……妳是魔神呀？」他看站在旁邊不敢動的護士，「妳們還不回去？超過十二點了！今天該小謝值夜班吧？妳們杵在這做啥？回去回去！」護士小姐如蒙大赦似的逃走了。

他低頭看見我長長撕破的牛仔褲，外翻扭曲的傷口，喃喃的罵著，小心的脫掉我的球鞋……腫脹淤青的腳……我看了驚心。

「幸好沒斷……」他沒有再出聲，專注的處理傷口。

夜很靜。隔著玻璃門……隱約的看見街燈下，一隻不眠的蝙蝠，不停的撲著光亮。

他站起來處理我額頭的傷，遮住了那隻撲火的蝙蝠。

「明天來換藥。」大夫凶狠命令著，我溫順的笑笑，「明天我會去徐外科換。」

「不行！那個蒙古大夫？妳是我的患者，乖乖的來換藥！」

我笑了起來。這麼些年……大夫啊……

五年前……他還在臺北當住院醫師時……我就認識了他。

他大約是忘了吧……我卻沒有忘記。

沒有忘記他暴躁的聲音，沒有忘記他的咆哮。

「該死啊～醒過來！睜開眼睛啊～妳可以的……妳不是想活下去嗎～」在漂浮怪異，沒有著力點，恐懼的恍惚中，他的聲音成了唯一的浮木。

在這個小鎮重逢……我很歡喜。雖然彼時……我病的很重……

謝過大夫，我扶著牆，艱難的跨出一步。他用力攙住我，「小謝！器材室不是還有拐杖嗎？去拿來～」

密斯謝跑出來，看見大夫扶著我，僵了一下。

我笑笑，推開大夫，「我會走。」

「閉嘴！」他乾脆把我抱起來，「密斯謝，我帶了大哥大，有事打給我。」

「大夫……你……」他把我丟上車，順便把拐杖也丟進來，「……你的身價會一落千丈……」我嘆了口氣。

「身價？我不賣身。」他發動了車子。

噗的一聲，那只撲光的蝙蝠落在前車窗上。不是蝙蝠，是隻巴掌大的夜蛾，翅緣讓熾熱的燈火，灼得微焦。

大夫望著那隻夜蛾出神，下車將夜蛾溫柔的捧下來，放在低矮的樹籬上。

「也許有毒。」我寬了心。

「也許。可是，牠會活著。」

斜躺在床上，聽著外面人聲鼎沸，夾雜著擴音器傳出來的誦經聲……能夠不用在外面讓眾人的眼光解讀，真是一件幸福的事。

父親的聲音仍是穿過幾重門。辱罵不已……聽來隱隱約約。

「……賣見笑喔……死機掰鬼呀……那不死在外面……謝世謝正……三更半眠……誰不知道伊想衝啥好康……謝祖公喔……討客兄的賣見笑查某……」

我靜靜的臥著，右腳發出長針戳動攪動的疼痛。咬住被角，忍出一身的汗。

吃了最後一包止痛藥，我在浹背的痛楚中，蜷著睡著了。

即使在睡夢之中，父親無所不在的吼聲，仍然不停的入侵進來。

睜開眼，一室漆黑，單調的誦經聲終於停了。六點多了？右腳鈍鈍的痛著，我費力的調整姿勢，怔怔的坐在床上。蒼白的月亮，隔著竹廉，偷偷的窺看人。

蒼白的月亮……很像垂死的祖母的臉。

慘白無血色的臉，只會眨巴著眼睛。她大約看不見什麼了……一行口涎從鬆脫的嘴角流了下來。替祖母換尿片時……後背的褥瘡發出惡臭的味道。

祖母瀕死的那一晚……我剛好被父親毒打了一頓。跟我離了婚的那男人，站得遠遠的，冷冷的看我被毒打，不發一言。

我沒哭，一直用惡毒的眼光，瞪住他。

母親倒是呼天搶地起來，卻也只是不斷的數落我的失足。我抱緊頭，任父親的掃把，狂亂的抽下來。

快點結束吧……我在心裡尖叫著，沒錯……我偷漢子了。

乾脆點……殺了我……

掃把終於打斷了，眼睛布滿紅絲的父親，舉起了圓板凳。

「阿兄……阿兄……阿母不行了……」姑姑帶著淚，驚慌的跑出來，父親愣了一下，丟下板凳，衝進房間。一時哭聲大作。

哭什麼呢？我全身火辣辣的疼痛，隨著屈辱，焰熱的升高。

哭什麼？父親？祖母中風後，你連正眼都沒瞧見她。

顫抖的手拿不住杯子時……你不是指著她的鼻子大罵？她流淚……你不是嫌她哭得你衰？

現在……你又這樣「悲慟」。

我的前夫，站到我面前，居高臨下，看著我腫脹淤青，嘴唇破裂的臉。

他說：「妓女！」

然後轉頭走了。

我跛著將窗簾拉嚴，很渴。無精打采的坐在黑暗中。

是，我害怕。比起口渴……我更怕面對別人……尤其是親人……催命的親人……

突如其來的敲門聲，讓我驚跳了起來。

打開門，發著抖。嫂子把食指放在嘴唇上，示意我別出聲。她低低的說，「阿爸在跟人家談選舉的事……妳趕快去換藥。」她憐憫的看著纏著繃帶的腳，「怎麼摔成這樣……」

我感激的笑笑，艱難的使用著拐杖。

「趕快……我載妳去。」大嫂緊張的往飯廳張望一眼。

「我還能騎車……大嫂，妳趕快走……被哥看見就糟了……」

沒錯，我還能騎車。雖然是有點慢。

我在候診室等著，來往的婦人看著我，竊竊私語。細碎的像潮浪一般。

我望定著自己的手，一動也不動。

看見淡綠色的袍角，我抬頭往上看，大夫表情很疲倦的看著我。衣服上濺著血。

「痛不痛？」

「還好。」

他攙我走進診療室，我覺得有點尷尬。後面訝異的目光，像是要把人的背燒出一個洞一樣。

輕輕掙了一下，「大夫，你的行情會越來越下跌的。」

難得的，大夫笑了起來。他把臉埋入掌中。「今天我到底接生了多少嬰兒？好像全玉里的女人講好的一樣，都挑今天生孩子。」

他熟練的把繃帶解開，幫我換藥。

「藥吃完了？藥記得吃。」

我靜靜的笑了笑，除了大夫沙沙寫著病歷的聲音，難得的靜謐。

「大夫吃飯了？」

「晴玉吃飯了？」

兩個人一起笑了起來。

「等等我們一起吃。」我靜靜的看著大夫忙來忙去……對著大夫的背影失神了一下。靜靜的，拿起拐杖，悄悄的離去。

悄悄回到自己的小房間，幸好父親沒有發覺，忙著將選舉講得口沫橫飛。

輕撫著藥包，我又發呆了。

月亮升到中天，看不見了。一顆很大的星星，顫著銀白的光，閃閃的，像眼淚一樣。我看著深邃藍的天空，仰望著極深極深的寶藍，打了一個哆嗦。靜靜的退回自己的殼，蜷著安全的姿態，最不受傷害的姿態。

靜夜裡，秀姑巒溪的溪水，潺潺的，好幾公里外，清晰可辨。

連摩托車的引擎聲也顯得驚人。

半夜一點多了……我探出頭去，看見了大夫。

我揉了揉眼睛，真的，是大夫。

他騎著前夜我沒騎回來的機車，臉上滿滿的寫著疲倦。

車子洗過了……連破損的外殼都換過。發出柔和的，棗紅色的光。他把車靠邊停好，抬頭看看我的房間，面對月光的大夫，臉的線條浴在銀輝之下。

輕輕拍拍車子，大夫。輕輕吹著口哨，Mozart的piano concerto No.20的第二樂章中的幾個小節。

俯看著。大夫沒看見我吧？站在黑沉沉的房間中，俯看著。

笨拙的指揮著拐杖，差點從樓梯摔下來。手忙腳亂的起動，大夫已經看不見蹤影了。

在圓環的湧泉前追上他。他手插在口袋裡，看著我，表情是安和的。

什麼都沒說。默默的接過我的車，我也默默的側坐在後座。發動了車子，卻沒有馬上騎走。

大夫將我的手拉過來，環住他的腰，我也順從的扶好。

回醫院的路上，我們沒有說話，只聽到讓風散逸的片片斷斷的口哨聲。

到了之後，我說，「晚安，大夫。」

他下車，撥開我額頭的瀏海，查看縫了好幾針的額頭，「要貼透氣繃帶。要不，會留疤。」仔細看了一下我的臉色。

「等我一下。」

我坐在架起來的機車上等著。他再出現時，將一瓶鮮乳，一塊起士麵包丟進我的置物籃。「要吃。」

我低頭，繼而淡淡的笑。「好。」心裡一動，大夫……也還沒吃吧？

我將起士麵包分成兩截，「一人一半。」

「不要。妳吃。」

「大夫陪我吃。這是醫生的責任。」

聽到這種強詞奪理的回答，大夫笑了起來。笑起來，額頭的愁紋暫時撫平了，看起來，很年輕。

我也對著他，靜靜微笑。起士的味道，分外的豐美。

當姊姊跟我說，父親找我的時候，我很害怕。

即使他看起來還很正常，即使像他現在這麼和顏悅色，我的恐懼，有增無減。

懷著一種異樣的恐怖，看著他。看著視自己的妻女為禁臠，高興時擁抱親吻，盛怒時毆辱如仇寇的男人……我很害怕。

前夫和他的形象常重疊……然而我離婚後，這種莫名的恐懼就消失了。我不再怕那個男人。

但是，父親就不同了。

他示意我在沙發上坐下，我戰戰兢兢的坐在他身邊，低頭盯著地毯的一小塊花紋。

「聽講妳常常去婦產科啊？哪裡不舒服？」他的語氣和煦的像春陽，我卻恐懼的警惕著寒冬似的殘暴。

「無啦……我去換藥。」聲音發著顫。

「騙肖ㄝ，會走會跳，換啥藥啊？」

前天才不再用拐杖……當然他不接受這種理由。我緘默著。

「那個醫生……邱大夫……對妳不錯喔？」

「沒有！」我猛抬頭，心裡吃驚了。

「妳擱敢騙父母？明明妳阿姑就看見你們一起去看電影，妳還說沒有？」

我望著父親，心裡慌張的不得了。

大夫和我在電影院碰到過一次，他執意要請我看，我也沒有堅拒，一起看完了「征服情海」。當中，他也不過借了一條手帕，給我擦眼淚用。

我忘了沒有祕密的小鎮……我們的一舉一動……都受著所有人的監視。突然，對大夫好生愧疚。

痛恨自己的懦弱。

我應當駁斥自以為是的父親，命令他閉嘴。但……我只是低著頭，柔順的聽著。

「想看看……邱大夫的爸母攏過身了……妳哪嫁過去……隨時就變成先生娘了……只要先生高興就好……」他得意的笑了起來，「邱家是望族咧……我後回選舉就無問題了……」

我不敢置信的看著他。臉色發著鐵青。

大約我的眼神讓他不自在，他咆哮了起來，「看啥小？死查某鬼仔，妳看啥小？」

母親拖過我，「阿賢……賣生氣啦……查某囝仔怕見笑啦……我來跟她講……」母親屈辱卑躬的對他陪笑臉。我的眼淚幾乎湧出來。

母親和我說了些什麼，我都沒聽進去，茫茫的，飄飄蕩蕩。隱隱約約的聽見大夫的名字一再出現。刺痛的，無望的茫然。

直到她把一個信封放在我的手掌心，我還只楞楞的握緊，等她走了很久很久，我沒想打開來看。

低頭看了很久，才發現是更生日報寄來的。

裡面是一張匯票，順便告知我，我的文章在上個月發表在副刊上。

金額不大。對於窘迫的我而言，夠買張火車票，夠我撐上一個禮拜。

我戴上帽子，默默的出門去。

一整天，我一直埋首在自己的房間裡。開始撕毀一些舊稿，將自己的東西處理好。會的，祖母會原諒我。她會原諒我等不到三七就悄悄離開……

大夫從醫院裡出來時，沮喪的靠在門上很久。

我悄悄的從陰影裡走出來，輕輕的喚他。看見是我，大夫似乎高興了一點點。

「晴玉，怎樣？不用拐杖了？」

我對大夫微笑。「嗯。」

「妳就是愛騎快車。下回可不是縫幾針就了事了。」他板起臉。

走到他的面前站定，憐惜的看著工作過度，疲倦的大夫。「大夫，請你吃宵夜好嗎？」

他的臉黯淡下來，「我剛接生了一個死嬰。吃不下。」

我的臉色也變了變。如果不是子宮外孕……我的孩子，今年也有五歲了吧？

閉上眼一下，好讓昏眩和潮湧的往事平息。

「去喝點東西？嗯？」大夫也對我笑笑，哀傷的笑容。

大杯的生啤酒，看起來極過癮。坐在露天低矮桌椅的啤酒屋，仰望晶光奪目的星群。

「我要走了。」不想打破這一刻的平寧，眼睛迴避著，不想和大夫相會。

大夫搜羅著我的表情，端起酒杯，「是嗎？」大大的喝了一口，繼而嗆咳起來。

慌張的替他拍背，自己的眼睛卻朦朧起來。

他的臉漲的通紅，等呼吸平順下來，他說，「也好。妳這樣選擇對。」

「給大夫添麻煩了。最近有些流言……一定困擾大夫了……」

「閉嘴！喔……閉嘴！晴玉！」大夫突然焦躁起來，「我從不覺得妳是個麻煩。」

我仰仰頭，讓眼淚乖乖的回去，「本來，想悄悄的離開，誰也不說……但，大夫是不同的。」

「好了！妳說，我也聽到！不要再說了！」他的聲音很大，我畏縮了一下。

「……妳現在，身體還好嗎？有沒有再犯？」大夫停了一停，語氣溫和而憂傷。

我搖頭，「自從離婚之後，我就沒有再犯了。」

他點點頭，目光陰鬱。「離開他是對的。如果妳不離婚，這樣重複感染……反覆的治療……效果會越來越差。」他的聲音，藏著壓抑的怒氣，「我不想再看見妳走進我的診療室……也不想再治療那個混蛋……該死！為什麼我要治療他？我該放著讓他爛到死……淋病……菜花……天啊……我真想下手毒死他……可是……我不治好他……就沒辦法治好妳……他憑什麼啊？憑什麼每回玉里一下……就可以感染妳一次？憑什麼可以這樣對待拋棄在家鄉的妻子？就算有情人……妳也沒有什麼錯處……妳的事……我最清楚……」

「大夫……別說了……」

握著杯子的手在發抖，我不想再去回想那些了……不想去想那些屈辱的日子。因為嚴重感染引起的劇烈腹痛……痊癒後再感染……痊癒後再感染……無力說不……任憑婚姻中的合理強暴一再發生……貞操以自持……到底有什麼意義？如果合法的婚姻不能保證我的健康……不能免於被合法強暴的恐懼……其意義為何？當然，這不是出軌的好理由。

大大的喝口酒，好讓苦澀的泡沫沖下哽著的嗚咽。

他看了我一眼，「……我沒有忘記妳，晴玉。說不定妳早忘了……」他看著自己的杯子，「五年前……我還在臺北當住院醫生的時候……我治療過妳。」

大夫……我也並沒有忘記。

「……我還記得，當時的我，對婦產科很是厭憎。我家從日據時代就在玉里開設婦產科醫院了。我的祖父……父親……代代如此。所以……我的道路……早就註定了這條單線道。」

他的眼神迷離，「我恨自己的工作。不明白為何要接生這麼多無辜的小孩來這個陰冷的世間。那麼多靡爛……膿血……骯髒的病態……在我眼下周而復始……周而復始……」

「我記得妳，晴玉。妳送進來時，已經昏迷好幾個小時了。子宮外孕，嚴重的內出血。發現得太晚了……大家亂著準備開刀時，不合常理的，妳居然醒了過來。微弱的拉住我的衣角。妳的嘴唇發著慘白，細微不可辨聞的聲音，『大夫……我不想死……我還想生我的寶寶……』我發狂的到處找血……到處的調。我沒有辦法忘記妳的眼神……我要活……我要生孩子……幾乎沒有血的體內……心臟還頑強的跳著。」

是。我知道。在恢復室時，尚未清醒的我，聽見了他們的對談。調完了所有能調的血之後，大夫挽起袖子，用自己的血補足。

「我沒有忘記妳……每次我感到厭倦時……我就會想起妳。想起妳的頑強……想起妳求生的意志……我會覺得，我的工作，是有意義的。真的，當我發現又和妳重逢時，我很高興。雖然當時……妳感染的很嚴重……我還是不應該的……感到高興……」

我的表情……一定在那瞬間崩潰掉了吧？大夫定定的看著我，他的眼神，交織著複雜。

我不想讓他……看見我難看的樣子……我將臉深深埋在掌心……我要哭了……真的要號啕大哭了……

指縫中，看見大夫握著杯耳的手，緊握到關節發白。

大夫……

我放下手，平靜下來，對著大夫，露出溫柔的微笑。

啟程了。

大夫送我到車站。他的身上，飄著我熟悉的消毒藥水，以及一絲絲甜腥的血味。我會懷念這味道……

我對大夫笑笑，他看著我，很悽楚。

「再見，大夫。」我跟他握手。

他輕輕掠掠我額上的頭髮，看著整齊的針腳，俯身抱住我。我僵了一下，也反手抱住他。

「大夫……你真的討不到老婆了……」我悄悄的擦去一滴淚。

「晴玉……」

「噓……不要說……大夫……」我對他微笑。酸楚不停的冒上來。

我站在車門，看著陪我到月臺的大夫。看著他慣有的愁紋，又糾結在他的臉上。

火車啟動，大夫越來越小，成為月臺上的一個小點，轉過彎後，連這個點都消失了。

夜風刮著我的臉。正想走進車廂，一隻讓勁風播弄的夜蛾撞到我的胸口，我輕輕的捧住這個木紋翅形的小生物，夜半的枯葉蝶？並不是夜蛾。

溫柔的，用掌合住她，靠在車門邊，隨著火車的節奏晃盪。

掌心中，小小的生命，沒有掙扎。靜靜的，用極小的，柔弱的足，細密的站在我的掌心。

瑞穗到了。

我將手放開。枯葉蝶展了展翅，一時還沒飛走。

走吧……不要眷戀……等等火車啟動……妳要怎樣脫離勁風的摧殘？

她優雅的在掌心上低迴，翩翩而去。

望向空無一人的月臺，大夫……你還在玉里的月台嗎？

我走進車廂之中，找到我的位置坐下。望著暗沉沉的黑夜。我很高興……在疏疏落落的車廂中……我終於……

終於能讓眼淚……放肆的在臉上奔流……

當他逝世之後

望著淡水金蛇飛舞的出海口，靜靜的忍冬，面前的紅茶幾乎都沒有動，連淺淺的杯子裡都閃爍著，小小的金蛇銀蛇舞動。

慢慢的在紙上畫著，極浮腫的眼睛，粉融著柔光的眼皮，不見憔悴，卻有種反常的慵懶和溫柔，像是單眼皮眼睛上翹著的蜜膚東方女郎。

「哎呀南海姑娘，何必太過悲傷……年紀輕輕只有十六半……舊夢去了還有新侶作伴……」咖啡廳裡懶懶的放著極古老的情歌，懶懶的鼻音像是撒嬌，當然忍冬不只十六歲半。

剛好兩個十六歲半。她突然自嘲著，不合宜的笑了起來，最後的兩滴眼淚落入了杯子裡，已經冷掉的紅茶，胭脂似的豔紅，發著苦澀的味道。

舒出一口氣，將最後一個句點寫上。緩緩的黏好封口，幾封信整齊的排列在一起，心頭湧起酸楚的感覺，卻因為昨夜哭泣過烈已經耗盡了所有的淚水。

是時候了。

剛端起杯子，行動電話急促的響了起來。歡樂頌的音樂，一聲聲的催促著。

青天高高白雲飄飄……

她眨了眨痠痛的眼睛，拿起了行動電話，「喂？」

「姊？沒去上班，妳搞什麼鬼？」

忍冬苦笑了一下，她也想知道自己還能搞什麼鬼，「不舒服。」

「趕快回來！現在！姊夫出事了！」妹妹的聲音尖銳得像是要穿破她的耳膜。

「哦？」

「哦什麼哦！妳再不快點，說不定連最後一面都看不到了！」

什麼？

不管她的驚愕，妹妹哇啦啦的倒了一卡車醫院地址電話，生性迷糊的她，居然一字不漏的記了起來。

發呆了幾秒鐘，看著眼前整齊的幾封信，慢慢的收了起來，放進袋子裡。

離開陰暗的咖啡館，外面太陽和煦的照耀著，露出溫馴的笑容。大片大片的白雲，滑順的飛過如洗的藍空，藍得發白，藍得讓人目眩。

海面飛過片片的雲影，波光跳動，瞬間金銀。

有人躺在病床上轉眼待死，地球照樣運轉，美麗的秋天沒有絲毫變容。她終於哭出來，沒有眼淚的乾泣，跑著攔住計程車。

趕到醫院，她只來得及到太平間看看自己丈夫最後一眼。看著像是睡著的他，很是陌生。

「宋太太……請節哀……」忍冬看著來人，刺痛的眼睛有些張不開，只見個高大的漢子走了過來，輕輕的扶了她起來，「我姓王……王子衿。是鴻輝的同事……」

忍冬沒有說話，溫順的讓他扶出來，他體貼的買了罐熱咖啡讓忍冬握著。

「怎麼發生的？」她的聲音沙啞，原本綁得整齊的辮子散了一半。

「……昨天或許大夥兒喝多了……鴻輝沒回工寮睡也沒人發現，等天亮才發現他摔在地下室……」王子衿很是懊惱，「是我不好，我身為監工，沒好好看著他們的安全……」

「別說了。」忍冬閉上眼睛。

「他是個好人……」

「別說了。」

一片靜默。只有幾個別的喪家哭聲甚哀，隔著薄牆，隱隱約約。

「我要回家。」忍冬站起身來，晃了一下。

「我送妳。」

坐在前座，汽車香水的味道讓忍冬很不舒服。子衿沒有說話，她也安靜麻木地看著飛逝的燈光。

想了很多過往，又像是什麼都不想。

「我和鴻輝結婚十年了。」她頓了頓，「也是，小孩都九歲了。」停紅燈，子衿看著她，「我會幫妳的，放心。」輕輕的拍拍她的手。忍冬將手縮了縮，坐正。

「對不起。」子衿有些尷尬，「我只是……我沒有別的意思。」

「我知道。沒關係。」忍冬溫和的回答，又沉沒到無止盡的回憶裡。

其實，子衿一看到她失神的大眼睛的時候，心魂已經被奪取了一大半，說不出來那種失魂落魄的媚然，寡婦特有的無依無靠，讓他男性的本能復甦。

怎能讓她一人徒受霜侮雪欺？暗暗的下了決定。

忍冬倒是什麼也沒有知覺，回到了自己的家。這房子登記在她的名下，所以省去了遺產的問題。

坐在客廳裡，強大的壓迫感襲擊而來。一想到將要煩惱的千頭萬緒，她緊緊壓住太陽穴，閉住眼睛。

沒有風，鋁門卻咯咯作響，像是有什麼想要進來一樣。

「誰？」她問。咯咯的聲音停住了。一聲模糊的嗚咽，猶疑的消失掉了。

打開落地的鋁門，夜空皎潔，難得臺北的星星與人見面，滿天展著眼。

什麼也沒有。

嘆口氣，打了幾個報喪的電話，婆婆在電話那頭哭昏了過去；母親確定了死訊，也不禁淚流滿腮。

「小朋友呢？」

「剛睡著，明天再跟他說吧？」

忍冬應了聲，收線。安靜的睡去，連夢也沒有。一直到天亮，讓市場的雞啼吵醒了，這才怔怔的坐在床上。

新婚，鴻輝做好了早餐，摸進房間叫醒她。忍冬總是將棉被往頭上一罩，咿咿嗚嗚的不肯起床。

「咕咕咕～咕咕咕～起床囉～咕咕咕！～」他裝著雞啼，一面在怕癢的小妻子身上亂撓，忍冬笑得幾乎連氣都喘不過來，「別鬧！阿……阿輝～再鬧……我要惱了……」

昨日的笑語仍在風中，應著雞啼。這才真的哭了起來，繼而嚎啕。

化為無。

這麼多的事情要忙。忍冬拭了拭額上的汗。靈前嗆鼻的香火讓她想吐，小朋友張著驚惶的眼睛，不知道到底發生了什麼事情，沒有哭泣。

「這兩個沒心肝的……老爸死了也不知道要哭……」母親握著手帕哭了又哭。

哭什麼呢？這麼煩亂的景象，來往雜沓的弔唁，他們大約也搞不清楚。連身為寡婦的她，還是得握著行動電話，東奔西跑，連悲傷或表示悲傷的時間都沒有。

婆婆來的時候，她正好握著行動電話，和殯儀館的人爭論出殯的日子。陪著來的大姑，很明顯是不悅了。

「怎麼？二弟的事情，怎麼在這裡跟別人混？最少也要在家附近好好的搭一個棚，給他好好頌幾遍經，怎麼在這裡跟別人擠？飯也冷，菜也涼，到底紙有沒有人燒？」扶著哀痛欲絕的婆婆，大姑瞪著眼睛，跟她嚷了起來。

忍冬這才哭了起來，跪著滾進婆婆的懷裡，「媽……媽媽……阿輝不孝啊……阿輝拋下老母弱妻，就這麼做他去了啊～」

大姑讓忍冬這一哭截斷了話，婆婆抱住忍冬，「好啦，麥擱講啦……一個查某人要顧前顧後，在這裡很好啦……臺北大馬路邊，車咻咻叫，是要叫伊哪生搭棚仔的所在？可憐喔……阿冬，妳才幾歲……目睭前都無依偎囉……」

讓婆婆這頓掏心掏肺的話一窒，忍冬哭得更厲害了，一旁的母親也哭了起來，兩個小孩倒像是受了驚嚇，也跟著嚎啕。

王子衿和經理進靈堂的時候，看著人人哭成一堆，趕緊上來勸慰，經理安慰著婆婆，子衿輕輕將忍冬一拉，悄聲說，「這是公司的慰問金，數目不大，但是先墊著用，還不夠的話，跟我開口，明白嗎？公司另外保了意外險，那筆金額比較大，不過要點手續才能撥下來。還有勞保給付，已經讓公司小姐幫你們辦了，不要擔心。」

紅著眼睛，忍冬輕輕的點了點頭，越發的楚楚可憐，更讓子衿不捨離去。便藉了口幫忙，留在靈堂。

臨晚，婆婆悲哀的哭了幾場，睡熟了，忍冬這才回到自己房間，看著行事曆，核算著收支表。一抬頭，大姑倚在門框，不知道站了多久。

「姊，」她招呼著，「怎麼站著？進來坐。」她倒了茶，拖過把椅子。

大姑也不客氣的坐了下來，張望著主臥室裡的擺設，「鴻輝這些年在臺北，倒是賺錢了。」

忍冬詫異的抬起頭來，客氣著，「哪裡，臺北的生活費挺高的。」

「不用哄我，鴻輝什麼沒對我說？」大姑撇撇嘴，「娶妻娶賢，若不是老婆賺錢淨貼娘家，二弟早當老闆了。」

她想發作，一想到婆婆剛剛睡熟，滿腔的氣強忍了下來，「姊，妳累了，還是早些睡吧。」

「有得睡的時候呢！我可不比阿輝！」她乾脆扯開來，「你們結婚的時候，阿輝娶妳的五十萬還沒還我呢，現在妳打算怎麼處理?!還有，這棟房子的地契也趁早交出來，讓他們阿媽收著，好得多了，省得妳帶著阿輝的房子嫁出去，孩子將來要靠哪邊？我聽阿輝的經理說，保險金啦，勞保啦，阿裡阿雜的東西加一加，少說也有六、七百萬，趁早兒交出來，媽和爸都是我在養的，你們沒有良心……」

忍冬望著她，突然笑了出來。

「這房子是我的名字。我高興怎麼處理就怎麼處理，不干妳的事情。妳是阿輝的老婆麼？我倒不知道阿輝討了自己姊姊當小老婆，現在也不好去計較了……不過，戶口寫得是我的名字，只好對不起了。就算有七、八億，也不和妳相關。沒良心？妳弟弟還沒扛去埋呢，妳在這裡逼著他的寡婦，良心？姊，妳大約煮來吃很久了吧？」

不理她的面孔時青時白，只顧著低頭算帳。

「五十萬呢？」她吼了出來，「那是跟我借的！」

「禮金呢？當初客人包的紅包誰收走了？姊，那也是妳呢。要那五十萬？也容易，拿個借據出來，我就開支票給妳。」

大姑霍的站了起來，指著她的鼻子，「妳不會好的！連我弟弟的死人錢都要吃乾抹淨，」她哭了起來，「爸爸媽媽你們都不管，都是我在撫養的……現在阿輝又死了……」

忍冬咬住下唇，忍了又忍，「姊，」她的語氣仍然溫和，「妳心裡不知道多高興呢，阿輝死了，妳可以分的家產又大了幾分，何苦跟我們孤兒寡母搶這點剩飯？爸爸過世了，媽媽又疼妳，就妳跟小弟兩個人對分，好幾億的身家呢，也不要太不知足了。」

被她堵住了話，紅著臉囁嚅了半天，「也沒那麼多……」

「那也很夠了，對不對？累了，姊，去睡吧。」

大姑訕訕的離去，她鎖上了門，疲勞的趴在桌子上，肩膀抖動著。

比打仗還累。

等出了殯，她悄悄地領了哀傷的婆婆，離開虎視眈眈的大姑一個上午。

「這是啥？」婆婆領了兩百萬的存摺，驚疑未定。

「媽，這是阿輝保郵政壽險的保險金。受益人寫您呢，所以我帶妳來開個戶，來，這是提款卡，我教您怎麼用……」

「我不會啦……」婆婆慌張的搖著手，「妳阿姊會幫我弄……再說，我不差這些錢用，給孩子讀書好啦……」

抓著婆婆的手，她堅定的搖搖頭，「媽，再怎說，您身邊要有點老本才可以。爸沒了，您更沒依靠……」這對待她若至親的公婆，惹忍冬又紅了眼睛，「這筆錢可以讓姊對您更尊重些……別跟我推辭了……再說，這是阿輝孝順您的……」

婆婆這才哭著接受了。

婆媳倆在車站抱頭痛哭，她知道，即使丈夫過世，她和親切婆婆間的親愛，不會因此斷絕。

說不定，這是亡夫給她最好的禮物。

阿輝……她從袋子裡掏出了那幾封擱置沒有寄的信。再也用不著了。她緩緩地丟進車站的垃圾桶，咚。

蹣跚的離去，沒想到，門口已經有人等著。瞇眼看，像是宋鴻輝回來了。

一驚，心口一涼，只覺得眼前發黑，突突心跳著。

「大嫂。」來人笑面盈盈。這才認出來。

「小弟。」婆婆嘴裡念了幾天的么兒，現在才出現，「媽剛回花蓮呢。」

「是喔？我知道大哥的事情太晚了，現在才來……」他面容哀戚的低聲。

「不要緊，進來捻個香吧？」

沒有開燈的家裡，陰沉沉的。廚房突然傳來嘩啦啦掉落的聲音，忍冬若無其事的走進廚房，將掉落的鍋子撿起來，掛好。

「大嫂？」小叔開了燈，走進了廚房。

「沒事。鍋子沒掛牢。」

她點燃了線香，冉冉的煙，小叔將香舉過了頭，虔敬的拜了拜。忍冬跪著答禮。

「坐。」熟練的泡了茶，鐵觀音的香氣，混雜了檀香的迷離，有種舒緩的昏沉。酷似亡夫的小叔，坐在鴻輝最喜歡坐的椅子上，用著相同的姿勢喝著茶，也順手打開了電視。

跟著電視低俗的節目發笑，自然的一如鴻輝在家的時刻。

不見他有離去的打算，疲勞的忍冬雖然納罕，也由得他自便，回房間洗臉卸妝。正呆坐在鏡子前面，望著自己消瘦蒼白的臉孔，小叔靜靜的潛進來，站在她的身後，眼光炯炯的，在鏡裡和她的目光交會。

細看到現在，有些奇怪怎會認錯。鴻輝的眼睛都蒙著沒有生氣的沉滯，不像年輕力壯的小叔有著真實的精力和貪婪。

「大嫂。」他將做慣粗活滿是厚繭的手放在忍冬肩膀上，將她真絲的襯衫勾起了幾條絲。以前，鴻輝將相類似的手放在她柔潤的皮膚，手底粗糙得令人戰慄和微微刺痛的感覺，能夠簡單的點燃她。

現在只剩下一點點燒灼的不耐。她輕輕的偏了偏肩。

轉過臉，正色的看著他，「聽說，你又快一年沒回家看阿漢了。你忘了還有兒子在媽媽那裡嗎？」

即使頹廢荒唐，孩子總是小叔心頭一根溫柔的刺。他的手垂了下來，面孔滿是惶恐。這感動了忍冬。

「小孩子總是想念父親的。」就像她的孩子們，雖然長年寄居在外祖母的家裡，心裡想念的，也不過是一個月看不到幾次的父親。

這可終生看不到了。想到孩子惶惑哭泣的臉孔，她的心口湧上一陣酸，要很勉強才壓得住那種悲傷。

「……我沒賺到錢……」他的聲音空洞，像是要在陰森森的屋子裡蕩著回音一樣。

忍冬數了五千塊給他，遲疑的接過來，他的口吻突然轉活潑，「大嫂……大哥過世了，將來妳和小孩子靠誰？我跟妳講，我們幾個朋友想要出來包攬工程，可惜就是沒有資金，阿哪是妳拿錢出來投資的話吼，我保證妳會賺大錢的啦……」

忍冬很有耐心的聽他說著連自己都無法說服的夢想，她也知道若是把錢丟進去，通常只是筆直地走進北投或礁溪的煙花女郎口袋裡。

我不如把這些錢直接的拿給這些煙花女郎，說不定就讓你們這些浪蕩子免去死於愛滋的恐懼，一下子完全了多少倒楣的家庭。所以她含著笑，堅決著搖了搖頭。

「小弟，我還有兩個孩子要養。這些錢是他們將來要讀書娶老婆的，我不能私下花了。」

小叔的失望，熾熱的像是燒融的牛油，從下彎的嘴角直滴落到地面。

「但是，」她從梳妝檯的抽屜裡窸窸娑娑的找了會兒，將一疊發黃的紙拿出來，他的背上冒出冷汗，那是長長短短跟著大哥借錢的借據，「這些錢，就算了。算是給阿漢當學費好了。」面不改色的撕掉了幾十萬的借據。

小叔張著嘴。忍冬將撕碎的借據掃進垃圾桶，「回去吧，小弟。媽媽年紀大了，幾畝薄田也要人耕種，鴻輝過世了，就剩你一個男丁。你不扛宋家，誰扛呢？這麼大的家產，讓誰去繼承呢？細想去。」

思前想後，直覺這些話比自己掏心肝說得還真切，他哭了起來，忍冬遞了整盒面紙，鼻涕擤得震天的響。

等他走了，忍冬的肩膀垮了下來，燃起了ROSE，VIOLET，滿屋子的玫瑰香氣，沖散了令人昏沉的檀煙。

廚房又不甘寂寞的鬧了起來，忍冬連理都不想理。等能掉的東西都掉完了，這才進去撿起來，成堆的堆在流理台。

最好翻了冰箱，這才完了事呢。她對著虛空微笑，隱隱約約，幾聲貓啼似兒啼，淒淒切切。

她照樣睡得極安詳，像是什麼事情也沒發生。

若不是子衿打電話給她，說不定就這麼長睡不願醒了。「喂？」

「忍冬？」他的聲音這麼的熱絡，「出來吃個午飯吧？意外險的錢下來了，我帶妳去辦手續……」

殷勤的帶著她東奔西跑，子衿像是沒有任何的倦意。領到錢，他建議全額拿來買基金，忍冬沒有接受，子衿也沒有惱意。

「也對，落袋平安。」還是笑咪咪的。

陽光似的男子，強壯的手臂像是能跑馬，不管是什麼大小事情，都俐落的一肩承擔。鴻輝治喪這段時間，和母親小朋友都混熟了，連小朋友都喜歡這個熱情好心的「王叔叔」。

「我說……阿冬啊，王先生結過婚了沒有？」母親半試探的問了她，倒是讓忙著寫作的忍冬，抬起了頭。

「不知道呢。」

「忍冬啊……妳今年才三十三歲，幾時熬到老啊……若是有好人，倒是不妨走看麥……」

看著向來古板嚴厲的母親，忍冬笑出了聲音，「知道了。」

但是她的臉上還是淡淡的，看不出意思。只是積極的找仲介公司賣房子，子衿覺得可惜，「又不急著用錢，現在房價又低迷，何不留著自己住？」

忍冬還是笑笑的，「我住太大了。」

「媽媽呢？小朋友呢？」他稱呼得極自然，「讓他們一起來住不就得了？」

「我母親不喜歡離開舊居，我的小朋友……娘家那兒的學區比較好。」

子衿低著頭，有些動氣，「妳就是不喜歡聽我的主意，對不對？」

忍冬只是笑笑，踱了出去。子衿捉住她的手臂，「妳……妳轉眼也老了，我會待妳好的！」

「那麼，」忍冬和顏悅色的輕輕掙脫，「誰來待南投的王太太和王家小朋友好呢？」

子衿的臉馬上變色。「妳……妳派人調查我！」

「很難麼？也不那麼難。託個朋友查查戶籍地，咱們的戶政事務所又向來盡責。」

兩個人都沒有說話，忍冬的神情還是那麼愉悅，輕輕的哼著歌。子衿沒聽懂她哼得原是「第五元素」裡的主題曲，只是那尖銳的高音被她降了好些。

陽臺夕陽緩緩地將她染了一身的絳紅，低聲，「我是真的喜歡妳的……」

忍冬回頭對他微微一笑，「天要黑了。回去吧，我也累了。」

子衿替她掠起一絲披在臉上的髮絲，沒有風，風鈴卻發瘋似的亂響。

他的眼中有著明顯的怯意。「怎麼？」

「沒事，」忍冬若無其事的撒著謊，「有隻麻雀飛過去。」

他沉默。「房子賣了也好。妳也別一個人住著。」

什麼事情也沒有。她安靜的在無人的家裡吃飯，洗澡，寫小說，看書，安眠。

陸陸續續的，幾樣理賠金都到了手。她只把錢存進銀行裡。不過死了一個男人，身為寡婦的她，倒是收到了為數不少的遺產。在真的有錢人眼中，不到千萬的金錢不過是點零頭，這些零頭卻夠他們母子好生規劃未來。

她愴然的微笑。或許是這些零頭引來了蒼蠅，在暗巷裡，遇到有生以來的第一次打劫。一直懸著擔心的事情一旦發生，事實上也沒那麼恐怖。她倒是有點高興幾乎要過期的噴霧劑終於派上了用場，兩個小混混只拉斷了皮包，就讓嗆鼻的辣椒和瓦斯幾乎咳死。連前來搭救的子衿也嗆咳不已。

好巧合的打劫。她在心裡冷笑著，第二天又買了電擊棒。

「我只是想妳願意依靠我。」他懊惱的前來坦白，反而讓忍冬不忍起來。

「這種蠢事，不要再發生第二次。」背對著他，坐在地上整理雜物的忍冬，緩緩的將頭轉過來。

漸漸昏黑的客廳，只剩下炯炯的大眼睛，像是燃燒了水銀燈的火，精神著蒼白的輪廓，瘦了一大圈的忍冬，襯著漆黑蜿蜒到地上的長髮，一身沒有任何色彩的黑喪服，只有頸項的雪白，和潤白的雙腕。

子衿覺得喉頭緊縮，陣陣的乾渴爬了上來，只能緊緊地握住自己的拳頭，開車回家的路上，不停的搓揉著自己的私處，想像她羊脂似的手，不停的搓揉著自己，冷冷的著火。眼底也濺著一點點的火光，她。

找到了一個小小的房子，只有十來坪。和舊家的陰森不同，這是個向東的，一大早就滿室陽光的小家。離母親的家只有二十分鐘的路程，小朋友假日都喜歡到屋頂花園盪秋千。

還是一個人住。她沒讓子衿進來過，要找她，只能在大樓底的丹堤喝喝咖啡。

「如果我離婚呢？」子衿追問著，「這樣妳就肯跟我了嗎？」

「不。」她靜靜的喝著咖啡，子衿卻發起脾氣，一推杯子，走了。

除了上香和整理舊物，她鮮少回到舊家。陌生女子怯怯的站在她的面前時，她正指揮工人將幾樣傢俱搬定。

「宋太太……鄭忍冬小姐嗎？」那女子也穿黑，溫順的走向前來，眼神像是驚惶的小兔子。

「是。」不是不狐疑。工人卻誤認了，趕著陌生女子喊鄭小姐，兩個人都笑了起來。

是的，這陌生女子有著忍冬相似的氣質。蒼白，楚楚。但是忍冬明白，她和這個嬌弱的女子是不相同的。

「有事？」

女子的眼神潰散開來，找不到焦距的慌張，靜了片刻，「……為什麼……為什麼不跟他呢？」

跟他？

「他是個好人……自從我先生過去以後，都是他在照顧我們母女的……他真的很好……」

忍冬張大眼睛看著她。

「他叫妳來的嗎？」

女子搖頭，「他……不開心好幾天了……我知道……他心裡有事情……」

幾條斷裂的線，突然接了起來。在心裡隱隱約約的不妥，終於找到了一絲光亮。

「妳叫什麼名字呢？」輕輕的問。

「何夙慧。」她送上名片，夙玉鋪。

「我賣玉，有空來看看，鄭小姐。」

看著她寂寂瘦削的身影，像是欺負了誰似的不忍。發了一下子的呆，她到央圖看了許久的舊報紙。印了些出來，她微笑。

踅到鴻輝出事的地下室，工地人來人往的揮汗，沒人注意到她悄悄的掩近，站在地下室的出入口，陰黝黝的水波緩緩浮動。沒有任何屏障的地下室……掉落是這麼的容易。

嗆咳，腳步聲。皮鞋裡喳吱喳吱的浸著水，在她身後站定。

她微笑的轉身，什麼都沒有。

到了夙玉鋪，夙慧的店面在前，後進就是母女相依為命的家。走進去，正好聽見子衿爽朗的笑聲，和夙慧柔軟的輕語，還有小女孩清脆的說話。

看見她，子衿愣住了。夙慧低了頭，看不清怎樣的表情，「來，娃娃，我們去看店，讓叔叔跟阿姨說話。」

喚做娃娃的小女孩，張著好奇的，黑白分明的大眼睛，看著污濁的成人們。

「夙慧來找我。」忍冬的聲音還是溫柔的，帶著笑意。

漲紅了臉，將脖子一扭，「她就是愛管閒事。我沒讓她去找你。」

「若不是你暗示了，她怎麼敢找我呢？」忍冬笑吟吟的，坐了下來。

子衿瞪著她，「妳如果是來侮辱我的，可以走了。我也不會去糾纏妳。」

「然後，尋找下一個寡婦？或者說，製造下一個寡婦？」忍冬將袋子裡的報紙影印拿出來，「你知道嗎？央圖的資料真的很有用……只要懂得一點搜尋技巧就可以找得到……而且，貴公司的會計小姐和我很要好呢，要拿到你的勞保卡，真的不難。」

她沒有看面如白紙的子衿，「你很少換工作……但是每個工作總要死一兩個工人……巧合，對不對？剛巧你都會負起『照顧』這些寡婦的重責大任，更巧了，對不對？」

「妳說什麼我不懂。」他的聲音卻艱澀了起來。

「真的不懂？」她笑了起來，「工地真的是很容易發生意外的地方，嗯？尤其喝得醉醺醺的時候，嗯？」這麼嬌弱的聲音，卻尖銳的沒有餘地，「工人的寡婦又通常柔弱無助……這麼大筆的錢，若不是讓你掌管，早讓陰狠的親戚們吞吃了，不如受著你的管轄，還能有點骨頭啃。夙慧的錢呢？也都在你的管轄範圍內吧？一年丟點利息出來，寡婦豈有不感激涕零的？」

「妳想要什麼？」他輕輕的，恐懼又困惑的問。不，她說得不是真話。她不是來求取他的原諒和保護的嗎？為什麼說這些話來刺傷他？

「你有罪。」

他閉了閉眼睛。有些暈眩的。「那些都是意外。怎麼？」他激動了起來，「難道妳要因為這些意外，讓員警來抓我嗎?!」

「不要！」夙慧衝了進來，護衛在子衿的面前，「求求妳，不要這麼做……妳聽到他說的了，那是意外，他不是存心的！」

「夙慧？」她？她……她到底發現多久了？

抱住愕然的子衿，「求求妳，不要讓員警抓走他！他待我們母女好，是真心待我們好的呀！大地震的時候，他抓著娃娃，抱緊我，寧可讓東西砸在自己身上，也沒讓我們受到一星半點的傷害呀！」她哭了，那樣蒼白瘦弱的臂膀，頑強守護心愛的人，娃娃也哭著，抱住她的王叔叔。

「死去的阿財根本不管我們母女的死活！他只知道喝酒玩女人！連娃娃的奶粉錢都搶走……我賺到的每一分錢都……阿財根本就不愛我了……連給我幾千塊都摔在我臉上……他是該死的……他本來就該死……這不是子衿的錯……是我！是我的錯！」

她原本嬌弱美麗的面孔扭曲著，咬牙切齒的抓著忍冬，「是我的錯！我天天祈禱他趕緊死……是我的祈禱生效了！殺人的是我，是我呀！」

「夙慧！」架住她，子衿也流下了眼淚。

「這不是誰的錯。他們是該死。」忍冬對著她點點頭，「真的，我們知道，子衿曾經『照顧』過的每個寡婦也都知道。」她將剪報撕碎。

走出夙慧的店，子衿追了出來，「真的只是意外。鴻輝的事情。」

「你只是沒有救他。」忍冬注視著子衿，「為什麼？」

望著忍冬，他突然想起很久以前看過的一張雪白臉孔，將他留在橋上，悽楚的緩緩降入冰冷的大甲溪。淹沒。

媽媽。

「鴻輝總是誇耀著，在廚房地板上強暴妳的細節。」他的表情蒙著嚴霜而空白，「每一個細節。在每一次喝酒之後。」

忍冬也望著他，迷離的微笑，「是的，只是不幸的意外。」

緩緩的，蒼白的面孔又離開了他。不過這張蒼白的臉孔卻出現了笑容。

他的罪是值得的。

緩緩的走回夙慧的店，抱緊了同樣蒼白著臉孔的夙慧。

回到舊家，空蕩蕩的房子裡，只有鴻輝的遺照還在神桌上瞪視著，微弱的檀香繚繞，昨天才供上的水果，已經有了腐敗的氣味。

你以為，我會替你復仇麼？為什麼我要？在你毀滅我的天真，虐待我的每一根神經，忽視我，陷我於恐懼中，除了死亡無所遁逃……

她的思緒一下子飛得極遠，重溫相愛時的濃烈和柔情……身穿雪白禮服，成為他的少女新娘……在無止盡的生活中，他摧毀了她。

恐懼到最後，那幾年的婚姻生活只剩下煉獄白灼的火光，什麼都不記得。

即使逃離，巨大的經濟壓力也使她陷入絕境。那個秋天的黃昏。她寫好了所有的遺書，在皮包裡暗藏了一〇二顆的安眠藥，還有她自己簽下的離婚書。

她將皮包底層已經受潮的安眠藥拿出來，還有離婚書。

「我和你，已經沒有關係了。」當著鴻輝的靈前，焚燒了離婚書，也燒了安眠藥，「這些藥，你帶去陰間慢慢吃。我贏了你，用不著這些藥了。」

鋁門狂暴的搖動著，外面的風鈴亂響。緩緩走進廚房，拿起菜刀，她溫文的站在陽臺，沒有風的夜晚，對著徒然響著的風鈴。舉起刀，冷靜準確的砍著繫著風鈴的橫木，木屑飛濺，劃破了臉，一絲豔紅的血落下來。

風鈴也頹然的落在地上，發出清脆的碎裂聲。再也不響了。

這個時候，夜風才遲疑的拂著，帶著春天微微的蜜意。

終是忍過冬天。

看完了「大劈棺」，雖然觀眾這麼少，她還是賣力的拍著手。

「只是排演，忍冬姊，不要這麼賣力啦！」還沒卸妝的莊周，不好意思的出來嚷嚷。

「哇～真的是忍冬～」演莊周妻子的素衣麗人，衝了出來，圍著她問長問短。

不過是寫過幾本書吧。但她還是好脾氣的，回答，簽名。

「怎麼會來看我們排演啊？」小女孩的眼中帶著天真和好奇，所以演不出那種狠勁。

「……我只是想看看……結局會不會有變……」

「有變？不會吧？這本戲不太會改什麼呢……」

如果那一斧，真的劈死了裝死的莊周呢？他的妻子說不定就自由了。

她沒說出口，只是半閉著眼睛，微笑。

整個人在舞臺下朦朦朧朧的裹著黑色衣裳，眼睛像是著了火般明亮。

「仔細看，不覺得忍冬漂亮嘛。」

「嗯，」收拾著舞臺的國劇社社員小聲交談著，「但是猛一看，卻覺得……」一下子找不到措詞，「豔得很。」

「咦？什麼東西咚咚咚的？」他們看著布景，只有紙做的棺木還沒收拾。

「老鼠吧？」

忍冬望向臺上的棺木，熟悉的嗆咳聲，布鞋浸了水，喳吱喳吱的在她背後停了腳步。

又來了麼？

她笑笑的轉身，忍冬知道，他也只有膽子在他身後，懷著燃燒的恨意。這種燃燒的恨意，點燃了她勝利的明豔。

我終究勝了你。

緩緩的拾級而上，嘴角帶著溫柔的笑意。面對著滿滿的春陽。

國家圖書館出版品預行編目資料

搶救惡女大作戰／蝴蝶Seba著.
-- 二版. -- 新北市：雅書堂文化事業
有限公司, 2022.06
面；　公分. --（蝴蝶館；11）
ISBN 978-986-302-631-0（平裝）

863.57　　　　　111006328

蝴蝶館 11

搶救惡女大作戰

作　　者／蝴蝶Seba
發 行 人／詹慶和
執行編輯／蔡毓玲
編　　輯／劉蕙寧・黃璟安・陳姿伶
封面插畫／橘子/orange
執行美編／陳麗娜
美術編輯／周盈汝・韓欣恬

出版者／雅書堂文化事業有限公司
郵政劃撥帳號／18225950
戶名／雅書堂文化事業有限公司
地址／新北市板橋區板新路206號3樓
電子信箱／elegant.books@msa.hinet.net
電話／（02）8952-4078
傳真／（02）8952-4084

2022年06月二版一刷　2008年01月初版　定價250元

經銷／易可數位行銷股份有限公司
地址／新北市新店區寶橋路235巷6弄3號5樓
電話／（02）8911-0825
傳真／（02）8911-0801